畢璞全集・散文・一

第一次真好

◎畢璞（右）幼年時與父親及二妹攝於天津。

◎與二妹、三妹攝於天津（右一為畢璞）。

◎錦瑟年華的初中時代。

◎上高中時（左一）與母親及二妹攝於香港淺水灣。

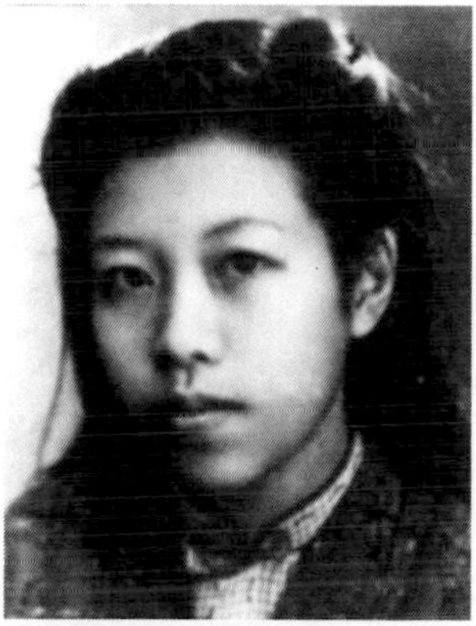

◎在香港上大學時的倩姿。

◎新婚燕爾，後立者為夫婿林翊重先生。

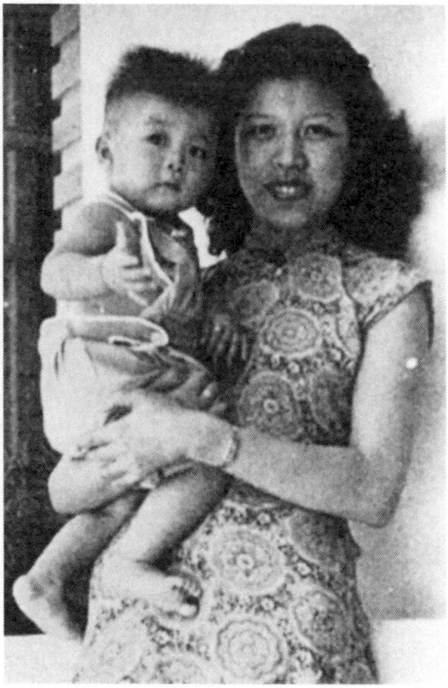

◎第一次做母親，懷中為長子林元。

◎家有四壯丁，依序為林元（右二）、林中（右三）、林立（右四）、林平（右一）。

◎結婚二十週年紀念。

◎長子結婚後全家留影。

◎與女文友合影（中為畢璞）。

◎在漢城出席國際筆會與謝冰瑩女士（右）合影。

◎抱孫樂

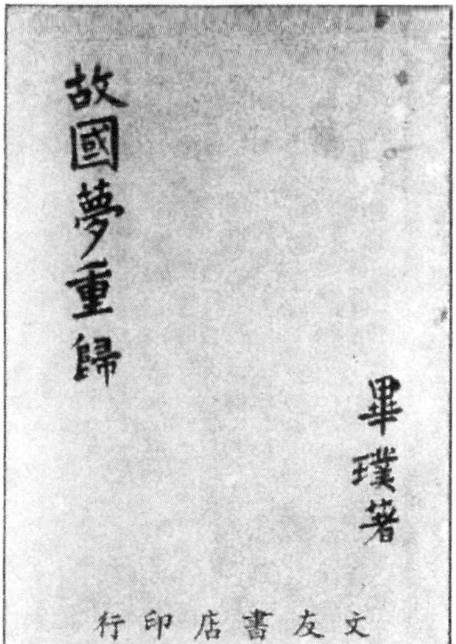

◎畢璞的第一本著作「故國夢重歸」發表於民國45年。

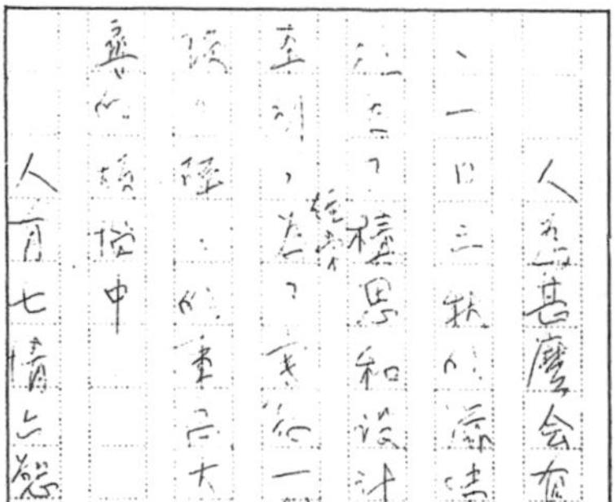

◎秀逸中的遒勁——畢璞手稿一瞥。

◎歐遊掠影——攝於英國倫敦。

【推薦序一】

老樹春深更著花

封德屏

一九八六年四月，畢璞應《文訊》雜誌「筆墨生涯」專欄邀稿，發表〈三種境界〉一文，她在文末寫道：

這種職業很適合我這類沉默、內向、不善逢迎、不擅交際的書呆子型人物，我很高興我當年選擇了它。我既沒有後悔自己走上寫作這條路，又說過它是一種永遠不必退休的行業；那麼，看樣子，我是注定了此生還是要與筆墨為伍了。

畢璞自知甚深，更有定力付之行動，近三十年來她持續創作，陸續出版了數本散文、小說、自選集；三年前，為了迎接將臨的「九十大壽」，她整理近年發表的文章，出版了散文集

《老來可喜》。年過九十後，創作速度放緩，但不曾停筆。二〇〇九年元月《文訊》創辦的「銀光副刊」，至今刊登畢璞十二篇文章，上個月（二〇一四年十一月），她在「銀光副刊」發表了短篇小說〈生日快樂〉，此外，也仍偶有文章發表於《中華日報》副刊。畢璞用堅毅無悔的態度和纍纍的創作成果，結下她一生和筆墨的不解之緣。

一九四三年畢璞就發表了第一篇作品，五〇年代持續創作，創作出版的高峰集中在六〇、七〇年代。一九六八年到一九七九年是她作品的豐收期，這段時間有時一年出版三、四本，甚至五本。早些年，她是編寫雙棲的女作家，曾主編《大華晚報》家庭版、《公論報》副刊、《徵信新聞報》家庭版，並擔任《婦友月刊》總編輯，八〇年代退休後，算是全心歸回到自適自在的寫作生涯。

真摯與坦誠是畢璞作品的一貫風格。散文以抒情為主，用樸實無華的筆調去謳歌自然，讚頌生命；小說題材則著重家庭倫理、婚姻愛情。中年以後作品也側重理性思考與社會現象觀察。畢璞曾自言寫作不喜譁眾取寵、不造新僻字眼，強調要「有感而發」，絕不勉強造作。

畢璞生性恬淡，除了抗戰時逃難的日子，以及一九四九年渡海來台的一段艱苦歲月外，自認大半生風平浪靜。「淡泊名利，寧靜無為」是她的人生觀，讓她看待一切都怡然自得。雖然前後在報紙雜誌社等媒體工作多年，一九五五年也參加了「中國婦女寫作協會」，可能如她自己所言「個性沉默、內向，不擅交際」，多年來很少現身文壇活動。像她這樣一心執著於創作的人和其作品，在重視個人包裝、形象塑造，充斥各種行銷手法的出版紅海中，很容易會被湮沒遺忘。

然而，這位創作廣跨小說、散文、傳記、翻譯、兒童文學各領域，筆耕不輟達七十餘年的資深作家，冷月孤星，懸長空夜幕，環視今之文壇，可說是鳳毛麟角，珍稀罕見。在人們華服高軒、闊論清議之際，九三高齡的她，老樹春深更著花，一如往昔，正俯首案頭，筆尖不斷流淌出款款深情，如涓涓流水，在源遠流長的廣域，點點滴滴灌溉著每一寸土地。

感謝秀威資訊科技股份有限公司，在文學出版業益顯艱辛的此刻，奮力完成「畢璞全集」二十七冊的巨大工程。不但讓老讀者有「喜見故人」的驚奇感動，也讓年輕一代的讀者，有機會可以在快樂賞讀中，認識畢璞及其作品全貌。我們也希望透過文學經典這樣的再現與傳承，向這位永遠堅持創作的作家，表達我們由衷的尊崇與感謝之意。

民國一〇三年十二月

（封德屏：現任文訊雜誌社社長兼總編輯、台灣文學發展基金會執行長、紀州庵文學森林館長。）

【推薦序二】

老來可喜話畢璞

吳宏一

一

上星期二（十月七日），我有事到《文訊》辦公室去。事畢，封德屏社長邀我去參觀她們蒐集珍藏的期刊。看到很多民國五、六十年前後風行文壇的文藝刊物，目前多已停刊，不勝嗟嘆。《暢流》、《自由青年》、《文星》等我投過搞、發表過創作的刊物不說，連一些當時發行不廣的小刊物，她們也多有蒐集。其用心之專、致力之勤，實在不能不令人讚嘆。於是我向她提起我高中以迄大學時期文學起步的一些往事，中間提到若干文藝刊物和若干文壇前輩對我的鼓勵和影響。其中特別提到我大學一年級，民國五十年的秋天，剛進入台大中文系讀書時所認識的一些前輩先進。像當時住在濟南路的紀弦，住在廈門街的余光中，住在南昌街菸酒公賣局宿舍的羅悟緣，住在安東市場旁的羅門、蓉子……我都曾經一一去走訪，謝謝他們採用或推薦過我的作品。過程歷歷在目，至今仍記憶猶新。比較特別的是，去新生南路夜訪覃子豪時，還遇見過魏子雲；去峨嵋街救國團舊址見程抱南、鄧禹平時，還順道去《公論報》探訪副刊主編畢璞……。

一提到畢璞，德屏立即接了話，說「畢璞全集」目前正編印中，問我願不願意為她「全集」寫個序言。我答：寫序不敢，但對我文學起步時曾經鼓勵或提攜過我的前輩，我非常樂意寫紀念性的文字。不過，我也同時表示，我與畢璞五十多年來，畢竟才見過兩三次面，她的作品我讀得並不多，要寫也得再讀讀她的生平著作，而且也要她還記得我，對往事有些共同的記憶才好。所以我建議，請德屏代問畢璞兩件事：一是她記不記得在我大一下學期（民國五十一年春），她和另一位女作家到台大校園參觀之事；二是她在主編《婦友》月刊期間，記不記得曾經約我寫過詩歌專欄。

德屏說好。第二日早上十點左右，畢璞來了電話，客氣寒暄之後，告訴我：她記得她和鍾麗珠早年曾到台大校園和我見過面，但對於《婦友》約我寫專欄之事，則毫無印象。她知道我沒有讀過她的作品集，說要寄兩三本來，又知道我怕她年老行動不便，改口說，要不然，幾天內如果我能抽空，就煩請德屏陪我去內湖看她，由她當面交給我，同時可以敘敘舊、聊聊天。

我當然贊成。我已退休，時間容易調配，只不知德屏事務繁忙，能不能抽出空暇。想不到與德屏聯絡後，當天下午，就由《文訊》編輯吳穎萍小姐聯絡好，約定十月十日下午三點一起去見畢璞。

二

十月十日國慶節，下午三點不到，我就如約搭文湖線捷運到葫洲站一號出口等。不久，德屏與穎萍來了。德屏領先，走幾分鐘路，到康寧老人安養中心去見畢璞。途中德屏說，畢璞雖然年逾九旬，行動有些不便，但能以歡樂的心情迎接老年，不與兒孫合住公寓，怕給家人帶來不便，所以獨居於此，雇請菲傭照顧，生活非常安適。我聽了，心裡也開始安適起來，覺得她是一個慈藹安詳而有智慧的長者。

見面之後，我更覺安適了。記得我第一次見到畢璞，是民國五十年的秋冬之際，在西門町附近康定路的一棟木造宿舍裡，居室比較狹窄；畢璞當時雖然親切招待，但總顯得態度拘謹。相隔五十三年，畢璞現在看起來，腰背有點彎駝，耳目有些不濟，但行動尚稱自如，面容聲音卻似乎數十年如一日，沒有什麼明顯的變化。如果要說有變化，那就是變得更樸實自然，沒有絲毫的窘迫拘謹之感。

由於德屏的善於營造氣氛、穿針引線，由於穎萍的沉默嫻靜，只做一個忠實的旁聽者，那天下午，我和畢璞有說有笑，談了不少往事，讓我恍如回到五十三年前的青春年代。那時候，我才十八歲，剛考上台大中文系，剛到陌生而充滿新鮮感的臺北，常投稿報刊雜誌，常拜訪前輩作家。有一天，我到西門町峨嵋街救國團去領新詩比賽得獎的獎金，順道去附近的《聯合報》和《公論報》社。我到《公論報》社問起副刊主編畢璞，說明我常有作品發表，就有人給了我她家的住址。距離報社不遠，在成都路、西門國小附近。那時候我年輕不懂事，大家也少用電話，所以就直接登門造訪了。見面時談話不多，記憶中，畢璞說過她先生也在《公論報》上班，她如何編副刊，還有她兒子正讀師大附中，希望將來也能考上台大等。辭別時，畢璞說了一句，聽說台大校園春天杜鵑花開得很盛很好看。我謹記這句話，所以第二年的春天，投稿信中附帶留言，歡迎她跟朋友來台大校園玩。就因為這樣，畢璞和鍾麗珠在民國五十一年的春季，相偕來參觀台大校園。

確切的日期記不得了。畢璞說連哪一年她都不能確定。我翻開我隨身帶來送她的光啟版散文集《微波集》，指著一篇〈鄉愁〉後面標明的出處，民國五十一年四月二十七日發表於《公論副刊》。經此指認，畢璞稱讚我的記性和細心，而且她竟然也記起了當天逛傅園後，我請她們到福利社吃牛奶雪糕的往事。

很多人都說我記憶力強，但其實也常有模糊或疏忽之處。例如那一天下午談話當中，我提起雨中路過杭州南路巧遇《自由青年》主編呂天行，以及多年後我在西門町日新歌廳前再遇見他，聽他告訴我「驚天大祕密」的時候，確實的街道名稱，我就說得不清不楚，更糟糕的是，畢璞再次提起她主編《婦友》月刊的期間，真不記得邀我寫過專欄。一時間，我真無辭以對。當事人都這麼說了，我該怎麼解釋才好呢？好在我們在談話間，曾提及王璞、呼嘯等人，似乎又給了我重拾記憶的契機。

我私下告訴德屏，《婦友》確實有我寫過的詩歌專欄，雖然事忙只寫了幾期，但這些文章後來都曾收入我的《先秦文學導讀・詩辭歌賦》和《從詩歌史的觀點選讀古詩》等書中，白紙黑字，騙不了人的。會不會畢璞記錯，或如她所言不在她主編的期間別人約的稿呢？

那天晚上回家後，我開始查檢我舊書堆中的期刊，找不到《婦友》，卻找到了王璞主編的《新文藝》和呼嘯主編的《青年日報》副刊剪報。他們都曾約我寫過詩詞欣賞專欄，印象中有一個與《婦友》大約同時。尋檢結果，查出連載的時間，《新文藝》是民國七十一年，《青年日報》則是民國七十七年。到了十月十二日，再比對資料，我已經可以推定《婦友》刊登我詩歌專欄的時間，應該是在民國七十七年七、八月間。

十月十三日星期一中午，我打電話到《文訊》找德屏，她出差不在。我轉請秀卿代查，傍晚她回覆，已在《婦友》民國七十七年七月至十一月號，找到我所寫的〈古歌謠選講〉，當時的總編輯就是畢璞。事情至此告一段落。記憶中，是一次作家酒會邂逅時畢璞約我寫的。寫了幾期，因為事忙，又遇畢璞調離編務，所以專欄就停掉了。這本來就是小事一樁，無關宏旨，豁達的畢璞不會在乎這個的，只不過可以證明我也「老來可喜」，記憶尚可而已。

三

「老來可喜」，是畢璞當天送給我看的兩本書，其中一本散文集的書名，語出宋代詞人朱敦儒的〈念奴嬌〉詞。另外一本是短篇小說集，書名《有情世界》。根據書後所附的作品目錄，原來畢璞的作品集，已出三、四十本。她挑選這兩本送我看，應該有其用意吧。看《老來可喜》這本散文集，可知她的生平大概；看《有情世界》這本短篇小說集，則可知她的小說特色所在。初讀的印象，她的作品，無論是散文或小說，從來都不以技巧取勝，就像她的筆名一樣，是未經琢磨的玉石，內蘊光輝，表面卻樸實無華，然而在樸實無華之中，卻又表現出一個共同的主題。一言以蔽之，那就是「有情世界」。其中有親情、愛情、人情味以及生活中的情趣。因此，讀來特別溫馨感人，難怪我那罕讀文藝創作的妻子，也自稱是她的忠實讀者。

讀畢璞《老來可喜》這本散文集，可以從中窺見她早年生涯的若干側影，以及她自民國三十八年渡海來台以後的生活經歷。其中寫親情與友情，敘事中寓真情，雋永有味，誠摯而動人。寫懷才不遇的父親，寫遭逢離亂的家人，寫志趣相投的文友，娓娓道來，真是扣人心弦。

其中〈西門懷舊〉一篇，寫她康定路舊居的一些生活點滴，更讓我玩味再三。即使寫她身邊瑣事的小小感觸，寫愛書成癡，愛樂成癡，寫愛花愛樹，看山看天，也都能使我們讀者體會到「生命中偶得的美」，享受到「小小改變，大大歡樂」。「生命中偶得的美」和「小小改變，大大歡樂」，正是她文集中的篇名。我們還可以發現，身經離亂的畢璞，涉及對日抗戰、國共內戰的部分，著墨不多，多的是「此身雖在堪驚」，「老來可喜，是歷遍人間，諳知物外」。這也正是畢璞同一時代大多婦女作家的共同特色。

讀《有情世界》這本小說集，則可發現：畢璞散文中寫得比較少的愛情題材，都寫進小說裡了。畢璞說過，小說是她的最愛，因為可以滿足她的想像力。讀完這十六篇短篇小說，我們確實可以發現，她的小說採用寫實的手法，勾勒一些時代背景之外，重在探討人性，敘寫一些有情有義的故事。特別是愛情與親情之間的矛盾、衝突與和諧。小說中的人物和故事，有真有假，「真」的往往是根據她親身的經歷，「假」的是虛構，是運用想像，無中生有塑造出來的。她把它們揉合在一起，而且讓自己脫離現實世界，置身其中，成為小說中人。

因此，我讀畢璞的短篇小說，覺得有的近乎散文。尤其她寫的書中人物，大都是我們城鎮小市民日常身邊所見的男女老少，故事題材也大都是我們城鎮小市民幾十年來所共同面對的移民、出國、旅遊、探親等話題。或許可以這樣說，較之同時渡海來台的作家，畢璞寫的小說，罕有激情奇遇，缺少波瀾壯闊的場景，也沒有異乎尋常的角色，既沒有朱西甯、司馬中原筆下的鄉野氣息，也沒有白先勇筆下的沒落貴族，一切平平淡淡的，可是就在平淡之中，卻能給人親近溫馨之感。表面上看，她似乎不講求寫作技巧，但仔細觀察，她其實是寓絢爛於平淡。像〈生命共同體〉一篇，寫范士丹大婦這對青梅竹馬的患難夫妻，到了老年還為要不要移民美國而引起衝突，高潮迭起，正不知作者要如何收場，這時卻見作者藉描寫范士丹的一些心理活動，利用廚房下麵一個小情節，就使小說有個圓滿的結局，而留有餘味。〈春夢無痕〉一篇，寫梅湘退休後，到香港旅遊，在半島酒店前香港文化中心，竟然遇見四十多年前四川求學時代的舊情人冠倫。四十多年來，由於人事變遷，兩岸隔絕，二人各自男婚女嫁，都已另組家庭，正不知作者要如何安排後來的情節發展，這時卻見作者利用梅湘的一段心理描寫，也就使小說有個出人意外而又合乎自然的結尾，不會予人突兀之感。這些例子，說明了作者並非不講表現藝術，只是她運用寫作技巧時，合乎自然，不見鑿痕而已。所以她的平淡自然，不只是平淡自然，而是別有繫人心處。

四

畢璞同時的新文藝作家，有三種人給我的印象特別深刻。一是軍中作家，以寫新詩和小說為主，強調創新和現代感；二是婦女作家，以寫散文為主，多藉身邊瑣事寫人間溫情；三是鄉土作家，以寫小說和遊記為主，反映鄉土意識與家國情懷。這是二十世紀五、六十年代前後臺灣新文藝發展史上的一大特色。這三類作家的風格，或宏壯，或優美，雖然成就不同，但套用王國維的話說，都自成高格，自有名句，境界雖有大小，卻不以是分優劣。因此有人嘲笑婦女作家多只能寫身邊瑣事和生活點滴，那是學文學的人不該有的外行話。

畢璞當然是所謂婦女作家，她寫的散文、小說，攏總說來，也果然多寫身邊瑣事，或者說，多藉身邊瑣事寫溫暖人間和有情世界。但她的眼中充滿愛，她的心中沒有恨，所以她的筆端流露出來的，每一篇作品都像春暉薰風，令人陶然欲醉；情感是真摯的，思想是健康的，真的適合所有不同階層的讀者。

一般而言，人老了，容易趨於保守，失之孤僻，可是畢璞到了老年，卻更開朗隨和，更為豁達，就像玉石，愈磨愈亮，愈有光輝。她特別欣賞宋代詞人朱敦儒的「老來可喜」那首〈念奴嬌〉詞。她很少全引，現在補錄如下：

老來可喜，是歷遍人間，諳知物外。
看透虛空，將恨海愁山，一時挼碎。
免被花迷，不為酒困，到處惺惺地。
飽來覓睡，睡起逢場作戲。

休說古往今來，乃翁心裡，沒許多般事。
也不蘄仙不佞佛，不學棲棲孔子。
懶共賢爭，從教他笑，如此只如此。
雜劇打了，戲衫脫與獃底。

朱敦儒由北宋入南宋，身經變亂，歷盡滄桑，到了晚年，勘破世態人情，不但主張不學棲棲皇皇的孔子，說什麼經世濟物，而且也認為道家說的成仙不死，佛家說的輪迴無生，都是虛妄的空談，不可採信。所以他自稱「乃翁」，說你老子懶與人爭，管它什麼古今是非，說人生在世，就像扮演一齣戲一樣，各演各的角色，逢場作戲可矣，何必惺惺作態，說什麼愁呀恨呀。一旦自己的戲份演完了，戲衫也就可以脫給別的傻瓜繼續去演了。這首詞表現的人生觀，雖然豁達，卻有些消極。這與畢璞的樂觀進取，對「有情世界」處處充滿關懷，是不相契的。我想畢璞喜愛它，應該只愛前面的幾句，所以她總不會引用全文，有斷章取義的意思吧。

畢璞《老來可喜》的自序中，說西方人把老年分成三個階段：從六十五歲到七十五歲是「初老」，從七十六歲到八十五歲是「老」，八十六歲以上是「老老」；又說「初老」的十年是人生最美好的黃金時期，不必每天按時上班，兒女都已長大離家，內外都沒有負擔，沒有工作壓力，智慧已經成熟，人生已有閱歷，身體健康也還可以，不妨與老伴去遊山玩水，或抽空去學習一些新知，以趕上時代。想做什麼就做什麼，豈非神仙一般。畢璞說得真好，我與內子現在正處於「初老」的神仙階段，也同樣覺得人間有情，處處充滿溫暖，這幾天讀畢璞的書，益發覺得「老來可喜」，可喜者三：老來讀畢璞《老來可喜》，一也；不久之後，可與老伴共讀「畢璞全集」，二也；從今立志寫自己不像傳記的傳記，彷彿回到自己的青春時期，三也。

民國一〇三年十月十五日初稿

（吳宏一：學者，作家，曾任臺灣大學中文系教授、香港中文大學中文系、香港城市大學中文、翻譯及語言學系講座教授，著有詩、散文、學術論著數十種。）

【自序】長溝流月去無聲——七十年筆墨生涯回顧

畢璞

「文書來生」這句話語意含糊，我始終不太明瞭它的真義。不過這卻是七十多年前一個相命師送給我的一句話。那次是母親找了一位相命師到家裡為全家人算命。我從小就反對迷信，痛恨怪力亂神，怎會相信相士的胡言呢？當時也許我年輕不懂，但他說我「文書來生」卻是貼切極了。果然，不久之後，我就開始走上爬格子之路，與書本筆墨結了不解緣，迄今七十年，此志不渝，也還不想放棄。

從童年開始我就是個小書迷。我的愛書，首先要感謝父親，他經常買書給我，從童話、兒童讀物到舊詩詞、新文藝等，讓我很早就從文字中認識這個花花世界。父親除了買書給我，還教我讀詩詞、對對聯、猜字謎等，可說是我在文學方面的啟蒙人。小學五年級時年輕的國文老師選了很多五四時代作家的作品給我們閱讀，欣賞多了，我對文學的愛好之心頓生，我的作文成績日進，得以經常「貼堂」（按：「貼堂」為粵語，即是把學生優良的作文、圖畫、勞作等掛在教室的牆壁上供同學們觀摩，以示鼓勵）。六年級時的國文老師是一位老學究，選了很多古文做教材，使我有機會汲取到不少古人的智慧與辭藻；這兩年的薰陶，我在不知不覺中變成了文學的死忠信徒。

上了初中，可以自己去逛書店了，當然大多數時間是看白書，有時也利用僅有的一點點零用錢去買書，以滿足自己的書癮。我看新文藝的散文、小說、翻譯小說、章回小說……簡直是博覽群書，卻生吞活剝，一知半解。初一下學期，學校舉行全校各年級作文比賽，小書迷的我得到了初一組的冠軍，獎品是一本書。同學們也送給我一個新綽號「大文豪」。上面提到高小時作文「貼堂」以及初一作文比賽第一名的事，無非是證明「小時了了，大未必佳」，更彰顯自己的不才。

高三時我曾經醞釀要寫一篇長篇小說，是關於浪子回頭的故事，可惜只開了個頭，後來便因戰亂而中斷，這是我除了繳交作文作業外，首次自己創作。

第一次正式對外投稿是民國三十二年在桂林。我把我們一家從澳門輾轉逃到粵西都城的艱辛歷程寫成一文，投寄《旅行雜誌》前身的《旅行便覽》，獲得刊出，信心大增，從此奠定了我一輩子的筆耕生涯。

來台以後，一則是為了興趣，一則也是為稻粱謀，我開始了我的爬格子歲月。早期以寫小說為主。那時年輕，喜歡幻想，想像力也豐富，覺得把一些虛構的人物（其實其中也有自己和身邊的人的影子）編出一則則不同的故事是一件很有趣的事。在這股原動力的推動下，從民國四十年左右寫到八十六年，除了不曾寫過長篇外（唉！宿願未償），我出版了兩本中篇小說、十四本短篇小說、兩本兒童故事。另外，我也寫散文、雜文、傳記，還翻譯過幾本英文小說。到民國一〇一年，我總共出版過四十種單行本，其中散文只有十二本，這當然是因為散文字數少，不容易結集成書之故。至於為什麼從民國八十六年之後我就沒有再寫小說，那是自覺年齡大了，想像力漸漸缺乏，對世間一切也逐漸看讀，心如止水，失去了編故事的浪漫情懷，就洗手不幹了。至於散文，是以我筆寫我心，心有所感，形之於筆墨，抒情遣性，樂事一樁也，為什麼放棄？因而不揣譾陋，堅持至今。慚愧的是，自始至終未能寫出一篇令自己滿意的作品。

為了全集的出版，我曾經花了不少時間把這批從民國四十五年到一百年間所出版的單行本四十種約略瀏覽了一遍，超過半世紀的時光，社會的變化何其的大：先看書本的外貌，從粗陋的印刷、拙劣的封面設計、錯誤百出的排字；到近年精美的包裝、新穎的編排，簡直是天淵之別。由此也可以看得出臺灣出版業的長足進步。再看書的內容：來台早期的懷鄉、對陌生土地的神奇感、言語不通的尷尬等；中期的孩子成長問題、留學潮、出國探親；到近期的移民、空巢期、第三代出生、親友相繼凋零……在在可以看得到歷史的脈絡，也等於半部臺灣現代史了。

坐在書桌前，看看案頭成堆成疊或新或舊的自己的作品，為之百感交集，真的是「長溝流月去無聲」，怎麼倏忽之間，七十年的「文書來生」歲月就像一把把細沙從我的指間偷偷溜走了呢？

本全集能夠順利出版，我首先要感謝秀威資訊科技股份有限公司宋政坤先生的玉成。特別感謝前台大中文系教授吳宏一先生、《文訊》雜誌社長兼總編輯封德屏女士慨允作序。更期待著讀者們不吝批評指教。

民國一〇三年十二月

目次

輯二 心底微波

輯三 灕江小唱

輯一　第一次真好！

小橋下那道小溪終年的奔流著……一雨之後，它的快樂好像更溢滿了，潺湲地從一塊石頭流過一塊石頭，飛濺著白色的水花，發出了淙淙的微響，也帶來了春天的信息。

（頁五一）

剛剛解凍的溪流，它掙脫了嚴冬冰雪的封鎖，愉快地奔流到春天的原野上來。溪旁幾棵枝葉細碎的小樹，也沾染了它的快樂，伸出細瘦的臂膀，在微寒的東風中輕舞。

（頁五二）

山風漸勁，塵慮漸空，一縷思維，幾欲乘風而去，越過群山，飛向無垠的遠處……

（頁六五）

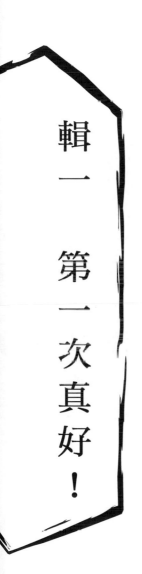

第一次真好！

路過人家的牆下，偶一抬頭，看見一棵結實纍纍的柚子樹。一顆顆碩大的黃綠色柚子，沉甸甸垂吊在枝頭。這景色不見得很美，但卻是一幅秋日風情畫。

我是個生長在都市，從來不曾享受過田園生活的俗子。除了木瓜樹以外，所有結實纍纍的果樹，都只能夠在圖畫、照片、電視和電影中看到。今天第一次看到這棵收穫如此豐碩的柚子樹，霎時間，心頭充滿了喜悅與新奇。

第一次真好！第一次的感覺真奇妙。細細回想：在你的生命中有多少「第一次」值得你低迴品味？有多少「第一次」使你留下不可磨滅的印象？

幾年前，家中第一次養了一籠十姊妹。當母鳥第一次生下了幾顆玲瓏剔透、比小指頭還小的鳥蛋以後，我和孩子們便眼巴巴地等候小鳥孵出來。有一天，我們正在吃午飯，孩子忽然大叫：「小鳥孵出來了。」我驚喜地走到鳥籠邊一看，在鳥巢裡面的所謂小鳥，只是兩團小小的粉紅色肉球，僅僅具有鳥的雛形，身上只有稀疏的幾根毛，兩隻黑黑的眼睛卻奇大。第一次看到剛孵出來的雛鳥，但覺牠們的樣子很難看，竟因此而吃不下飯。可是，等到牠們漸漸長大，羽毛漸豐，一切都具體而微以後，我喜愛牠們又甚於那些老鳥。

第一次生孩子時，護士把包在襁褓中、只露出一張紅冬冬小臉的老大抱來放在我的身邊。我第一次看到從自己身體中分出來的骨肉，第一次看到如此鮮嫩的、才出生不到一個鐘頭的嬰兒，心情非常複雜，又興奮又新奇又緊張，只是目不轉睛地望著他，唯恐這脆弱的小生命隨時會消失。

第一次的感覺真奇妙。第一次看見雪；第一次去露營；第一次坐火車；第一次做大學生；第一次跟男孩子約會；第一次自己動手做飯；第一次拿到薪水袋；第一次看到自己的作品用鉛字印出來；第一次坐噴射機；第一次……第一次的經驗不一定都愉快，但是卻新鮮而刺激，使人回味無窮。

想起已故的男高音馬里奧蘭沙所唱的一首歌：「For the prima, for the prima……」歌詞中所歌頌的「第一次」指的是初戀；然而，生命中無數的第一次，不是也都值得詠讚嗎？

生命中的第一次愈多，生命也就愈多彩多姿。願你珍重第一次。

（本文曾選入國立編譯館國中國文課本第一冊第十三課）

塵網散記

腹有詩書氣自華

我認識一位中年向後、已接近暮年的女士，她的外貌十分平常，穿著樸素，有時甚至近於寒傖。但是，不知怎的，她擁有一種與眾不同的氣質，使人尊敬她，也想接近她，她平凡的外表竟看來十分順眼。

原來，她是一位教中國文學的大學教授，多年來沉潛在學術研究中，早已薰陶出一副恂恂儒者的風範。加上和藹可親的態度、優雅的談吐、挺直的腰桿，以及溫煦的笑容，又怎不令親近她的人如沐春風？「腹有詩書氣自華」，世俗的人都不懂得用詩書來增加自己的內在美（套一句新名詞，該說是「文化美容」吧？）；而競相以化妝品、時裝和珠寶來裝飾自己的外表，甘作「花瓶」、「繡花枕頭」、「草包」，金玉其外而敗絮其中，那是多麼悲哀的一回事！

現代人的悲哀

像這樣的日子已不知有多久了。白天，在辦公室為公事而勞心而忙碌；晚上，又得陪家人坐在電視機前聊聊天、欣賞節目，已一整天不在家了，怎好意思躲在房間裡做自己的事？就這樣，把自己奉獻給工作和家庭，每天就像驢子推磨似的做著相同的事，週而復始。

我的藏書被冷落了，我的筆已生鏽，心田更是早已荒蕪。當然，我沒有忘記它們，我甚至常常想念它們，可是又真的抽不出空去親近它們。一想到過去的讀書之樂，還有多年寫作的習慣，我就像失落了什麼東西似的感到惘然、悵然。

這就是現代人的悲哀。我的生活已夠簡單的了，偏偏還有那麼多的世俗之事羈絆著，使人身不由己，不能隨心所欲地做自己想做的事，真是令人徒喚奈何！

人是無法離群而索居的，倘若不能做個現代的魯賓遜或者梭羅，那麼，就隨和一點，稍稍委屈一下自己的意志吧！

「境由心生」

一般人都認為出去旅行，就要到名山大川、名勝古蹟去，最好當然是能夠到國外。不錯，讀萬卷書，行萬里路，有什麼比旅行更能增長見聞、有益身心呢？

不過，對一切都不貪求的我卻另外有一種看法。我覺得：只要有機會出去旅遊就是一樁樂事，坐在遊覽車上欣賞車窗外的風景便是一種至高無上的精神享受，管它目的地是哪裡？遇到春秋佳日，三五良朋聯袂乘車出遊，車窗外晴天麗日之下，閃過一幅又一幅的田園美景，既養眼又怡情悅性。這不就是一種最好的鬆弛身心之道嗎？有一個鐘頭的車程供你瀏覽沿途景色就夠了，何必一定遠赴阿里山甚至瑞士的阿爾卑斯山呢？

弱水三千，我只取一瓢飲，只要有美景可賞就很好了，實在毋需計較路程的遠近。「萬物靜觀皆自得，四時佳興與人同」，能夠隨時隨地欣賞平凡的景色，你就隨時隨地掇拾到美景。這也就是佛家所說的「境由心生」。

公車是社會的縮影

偶然坐上不擁擠的公車時，往往可以看到一幅很有趣的畫面。「好」位子有人下車了，馬上就會有坐「壞」位子的人搶過去補上，有些人還一換再換，直到換到一個滿意的位子為止。這好像是幼稚園小朋友們所玩的搶位子遊戲；大家繞著一排椅子走，老師在彈琴，琴聲一停，大家就搶椅子坐，最後一個搶不到椅子坐的人要罰唱歌或者表演。

想不到一般成年人在公車上也玩起搶位子遊戲來了。這樣換位子並不影響別人，沒有什麼關係；倒是有很多人在公車上搶座位的那股兇勁和狠勁，充分顯出了人性的自私和醜惡，那才叫人替他們難過。

有些人不但窮兇惡極，如狼似虎地搶座位，還要替還沒有上車的親友佔座位。這種明目張膽的巧取豪奪行為，實在比搶位子更可惡。我就親身遇到過好幾次，都是在下班的交通巔峰時刻。我被人簇擁著上了車，看到空位想坐下去，可是，坐在空位旁邊，打扮入時的年輕女士開口了：「這個位子有人。」憑她這一句話，雖然上車上得早，還是沒有座位，眼睜睜的看著空位被人「預定」，心裡那份窩囊，真是無法形容。

這就是我們整個社會的縮影。人人為己，見利忘義，巧取豪奪，不擇手段；不但君子之風蕩然無存，說得不好聽一點，人性的醜惡，在擁擠的公車上簡直是原形畢露。

由衷的感謝

我是個生長於大都市、除了戰時逃難以外不曾在鄉村居住過的人：從小，就享受慣了電燈、自來水、抽水馬桶等文明產物，習以為常，一點也不感到稀罕。

然而，活到了家家戶戶都擁有各式各樣電氣設備的今日，我反而對發明電力和自來水，以及供應及維護水電單位的工作人員感到無限的謝意。試想：當我們享用慣了隨手亮的電燈、一按鈕就有得看的電視機、替我們貯藏食物的電冰箱、手不沾水的洗衣機，還有許多為我們服務的家電，以及用之不竭的自來水，一旦停電停水，我們的生活有多不方便？我們的生活步伐是不是也會因之而大亂呢？

每為颱風來襲，吹毀了高壓線，或者自來水管破裂，水龍頭點滴全無時，我就惶惶然不可終日，彷彿世界末日來臨。而春節期間清運垃圾的工人休假，街角牆邊堆滿了發臭的垃圾時，我又是多麼的感謝平日功高勞苦的清道伕！古人訓誨我們要「一粥一飯，當思來處不易；半絲半縷，恆念物力維艱」；我覺得，我們想享有舒適方便的家居生活，對水電工作人員以及替我們維護環境清潔的朋友，也該表示由衷的感謝吧！

花錢買罪受

偶然在假日裡跟友人去看了一場剛剛獲得多項金像獎的電影，從排隊買票，等候入場，乃至忍受院中的污濁空氣、骯髒環境，以及一大堆廣告片噪音的侵襲；到了散場，好不容易殺出重圍，只覺得這兩小時內的遭遇，真真是花錢買罪受！

片子叫座，觀眾捧場，排隊買票本來是理所當然的事。可恨的是多年無法消滅的電影黃牛，把持著票房，一牛當關，萬夫莫敵，害得無辜的觀眾只好癡癡地等，等得心頭火起。

進得場來，更是令人火冒三丈。癮君子在你的四面八方吞雲吐霧，薰得你渾身煙臭；地上溼漉漉的，汽水瓶、果汁罐骨碌碌亂滾；瓜子殼、塑膠袋遍地都是。很顯然地，因為場次太多，院方根本沒有時間去清理。既來之則安之，就坐在煙霧中，踩在垃圾堆上欣賞名片吧！但是，你還得忍受十分鐘以上的廣告片的疲勞轟炸。我不明白廣告片的音量何以特別大？不論在電視機中或電影院中都是震耳欲聾，令人無法忍受，難道廠商不明白這樣會產生反效果？

花一百多塊錢，買來兩小時的罪受。電影院如此的不圖改進，觀眾又如此的低水準，也難怪一般人都寧願捨棄聲光的享受，而租錄影帶在家裡欣賞了。

夏日走筆

久閉的窗子

冷氣機真不是好東西，雖然能夠給人以清涼，但是也會使人得冷氣病、易患感冒；又使得窗戶雖設而常關，遮斷了窗外的景物，把人變成斗室中井底之蛙，患上了禁閉恐懼症。

自從冷氣機普遍化以後，大都市的居民便變成了從這一間不見天日的冷凍庫走到另一間不見天日的冷凍庫的動物。假使他是有車階級，那就更會變得四肢不勤、蒼白、貧血、運動官能衰退、日漸癡肥，甚至百病叢生。文明的代價這麼大，人類實在是夠悲哀的。

在臺北，經過乾旱、燥熱、炎陽幾乎把人烤焦的六、七月後，到了應該更熱的八月，卻幸而由於一道鋒面的徘徊而有了幾天的下雨和清涼，使我得以暫時關掉冷氣機，推開久閉的窗戶。

啊！原來久違了的窗外視野是這麼廣闊；藍天白雲就在眼前，而我卻一直把它們關在外面。遠山雖然被樓房擋住，然而兩棵枝葉繁茂的綠樹卻比我的窗子還高，枝椏都快伸到窗口來了。樓下人家院子裡的草坪修剪得多麼整潔。那株高大的番紅花開得多麼燦爛，真是如火如荼，惹得好些粉蝶兒在花間翻飛著，戀戀不去。

久閉的窗門打開以後，一抬頭就可以看到眼前的美景。有了這幅活動圖畫作裝飾，我這間小小的屋子也因之而美化活潑起來，整個人的情緒也變得比較愉快，不容易感到累了。越想冷氣機越不是好東西，它不但使得我們屋子的窗戶關閉起來，甚至心裡的一扇窗子也因此而關閉，欣賞不到天然的美景。

早起的鳥兒

也許是靠近河堤，綠地和樹木比較多的關係，我家附近的麻雀也特別多。每天不到天亮，這些可愛的、早起的小鳥兒，就群集在每一家公寓的屋頂和陽臺上，吱吱喳喳地叫個不停，把我吵醒，變成我的活鬧鐘。

既然已經醒了，只要前一個晚上不是睡得太遲，我往往也會在六點左右起來，然後在河堤上急走十來二十分鐘，作為我的運動。這時的河堤上早已相當熱鬧，到處是人，男女老幼都有，全是懂得養生之道的同志。他們有的穿著運動衣、運動鞋；有的則是一襲寬鬆的家常服和一雙舒適的舊履。有的在慢跑；有的在散步；只有我是在急走。我的健康情形還不錯，可是體力不夠，沒有運動細胞，從小學起，體育成績總是在及格邊緣。我跑不動，卻很能走路，而且走得相當快，曾經有過跟友人一面聊天一面從仁愛路二段走回永和的紀錄。所以，我不學一般人慢跑而採取急走作為我的運動方式。

這時，朝陽初升，晨風送爽，河堤上新鋪的柏油路面潔淨無塵。堤上兩行新柳也在搖曳著它們的弱枝嫩葉，似乎在歡迎我們這些早起的鳥兒。我來回急走大約一千多步，感到微微出汗，就回家去。經過這一番輕微運動，不但一點也不覺得累，反而神清氣足，渾身舒暢。

全民體育是值得提倡的。每天早上，臺北市以及近郊的每一座公園、每一個運動場、每一塊空地，全都被晨跑的、跳土風舞的、作柔軟操的、打太極拳的人所利用到；可見願意早起、善於攝生的人還真不少。早起，可以使人在晚上離開電視機、牌桌和所有夜生活的場所而提早上床；這一點，對於轉移社會上的奢靡風氣可說大有幫助，其功用又何止強壯個人體魄呢？

讓我們都來做早起的鳥兒吧！

追月 外二帖

追月

在盛夏一個沁涼的夜晚中，我和朋友們乖車從忠孝西路向忠孝東路疾駛。突然，在高樓的隙縫間，我看見一輪巨大無比的初升圓月正掛在車窗前面的天幕上。微黃、不透明，不像鏡子，也不像玉盤；扁扁平平的，倒有點像是用米色絨布剪貼出來，帶著點誇張的卡通味道，顯得特別可愛。

由於我們是向東進行的，所以，只要沒有高樓遮擋著，月亮便一直在我們面前，我們竟變成追月的夸父了。我從來不曾這樣「接近」月亮過；此刻雖然是跟朋友們親密地擠在一部汽車裡，但是我的靈魂都在恍惚中離開了軀殼，像嫦娥那樣飛升向月。

「好大好美的月亮！原來又是月圓時候了。」我喃喃地說。沒有人回答我，也許她們正在回味剛才宴會上燈紅酒綠的歡樂吧？

驚豔

那天，坐車從新生南路經過，大約在臺大側門斜對面的附近，偶一抬頭，居然發現路旁一間院子裡長著一株紅灼灼的花樹，頓時，我就像個驚艷的好逑君子，立刻在臉上露出了目瞪口呆的表情。

我知道：這就是作為南臺灣標誌的鳳凰木。一向，它在北部很少開花的，也許因為今年天氣特別熱吧？

遠遠望去，那一樹橘紅色的繁花，既像一抹丹霞，又像一片彤雲。假如要入畫的話，既可以在水墨畫中用抽象的筆法揮灑以淡淡的洋紅；也適宜在油畫中塗上濃濃的朱色。它的紅是如此明艷而不俗，襯托著嫩綠而細碎的葉子；又開得如此璀璨，如此濃密，真可說是天工中的極品。

我以驚艷的眼光追逐著這棵花樹，一兩分鐘之後，車子遠去，滿樹繁花的鳳凰木離開了我的視線，我已看不到它了；但是那一樹的丹霞與彤雲，卻一直縈繞在我的夢魂中。

綠蔭下的紅磚道

每天的早晨和黃昏都能夠在這些綠樹成陰的紅磚道上走過，對向來過著精神生活的我而言，這也是一種福分。

臺北市的小南門一帶，樹木最多，紅磚道也比較整潔。那些高大的、挺拔的行道樹，樹齡恐怕都在幾十到一百年左右，雖然已經歷盡滄桑，英姿卻依然煥發。我每次從這些一列列不知名（我真恨自己對植物的無知）的樹下走過，欣賞著葉子的美，享受著它們所給予我的清涼，我就會對它們興起了無限的敬意。

這一帶，沒有商店，因此看不到花花綠綠庸俗的市招；沒有住家，因此也沒有在竹竿上迎風招展的萬國旗；有的只是巍峨的建築物，連在這一帶走過的行人，服裝也都似乎特別整齊，表情特別愉快。成行成列的綠樹、整潔的紅磚道、巍峨的建築物、精神抖擻的行人；這樣的街頭景色，從任何一個角度看來，又哪輸於歐美的一些大都市？

每天，我都以一種在公園中散步的心情悠然地在綠樹成蔭的紅磚道上走過，一想到自己已經在一個自由安樂、生活富足的國土上生活了二十多年，幸福之感頓時就包圍著我。

春日三題

春遲

從來不曾遭遇過如此苦寒的春季，一連二十多天，都在冷雨淒風中渡過。即使太陽偶然從雲縫中露露臉，但是，一天半天之後，又恢復了潮濕而寒冷的日子。

亞熱帶的島民不耐長時間的寒冷，許多人都長了凍瘡。臃腫的冬衣始終換不下來，仕女們新製的春裝一直沒有亮相的機會。聽說陽明山上的櫻花早已零落，然而，在這個城市之中卻只有寒冷與泥濘。

今天，雨是歇了，但是，明天呢？誰敢擔保？二十幾天的苦雨苦寒，使得人的心都發了霉，對好天氣失盡了信心。

寶島的春天本來就是驚鴻一瞥似的難以捉摸；今年，為什麼更是姍姍來遲？

春耕圖

才走出巷口，就被對面公路旁邊水田中的一幅畫面吸引了我的視線。宿雨初晴，郊原一片新綠，清氣撲人，四個農婦一字形的並排彎腰在水田中插秧，一頭水牛卻懶懶地躺在旁邊的草地上。面對著我的是四頂淡黃色的斗笠，遮住了她們半個身體；但是，因為其中一個穿的是一件鮮紅色的上衣，所以看來特別醒目，並且把這幅「春耕圖」點綴得特別美麗。

灰藍色的天空，嫩綠的田野，淡黃的斗笠，紅衣的農婦，這些色彩有多鮮明！有多穠艷！用「萬綠叢中一點紅」來形容，簡直是太庸俗了！這真是拍彩色照片和寫生的最好題材，只恨自己不會使用照相機，也不懂繪事，而一枝禿筆又太笨拙。該怎樣才能把我自己在那一剎那中所得到的美的感受表達出來呢？

小溪

小橋下那道小溪終年的奔流著，唱著快樂的歌，似乎永遠不知道疲倦。一雨之後，它的快樂好像更溢滿了，潺湲地從一塊石頭流過一塊石頭，飛濺著白色的水花，發出了淙淙的微響，也帶來了春天的信息。

雖然這裡的冬天沒有下雪，我卻想像出它是一道剛剛解凍的溪流，它掙脫了嚴冬冰雪的封鎖，愉快地奔流到春天的原野上來。溪旁幾棵枝葉細碎的小樹，也沾染了它的快樂，伸出細瘦的臂膀，在微寒的東風中輕舞。

我每次走過小橋，就會想起《田園交響樂》中那標題為〈小溪畔的景色〉的第二樂章中那甜美、幽靜的旋律，而以為自己與樂聖在一百多年前在創作這首樂曲時看到了同一的美景。

生活的小詩

玻璃門後的小花

為了怕熱，我家陽臺的門是日夜都開著的。這扇門最上面一格嵌著透明玻璃，其餘三格都是毛玻璃；它打開了以後，正好靠在我家和鄰家之間的矮牆上。鄰人在牆頭擺了一盆花，巧得不能再巧，那盒我叫不出名字的紫紅色的小花和一些嫩綠的葉子，剛好露出在那格透明玻璃的後面。黃褐色的門框是現成的鏡框，這是一幅動人的靜物畫。

當我坐在書桌前的時候，每一抬頭，就可以看到透過玻璃門向我微笑的紫紅色小花。這種單瓣的小花，實在不怎麼美麗；可是當它們沐浴在金黃色的陽光下，在初秋的微風中輕輕舞蹈時，真是風情萬種，往往引得我停下筆來，凝眸遐想。雖然只是幾朵微不足道的小花，它們給予我的美感，並不在一盆名種的玫瑰或蘭花之下啊！

虹

那天，在一場大雨之後，我從外面回來。被雨洗過的晴空上，一道巨大無匹、瑰麗無比的七色虹在指引著我的歸程。當我走到一個廣場上時，這道神仙橋顯得更清晰，看起來也更接近我。我從來不曾看過這麼完整的虹，它橫跨在天際，我彷彿清清楚楚地看見「橋腳」是從遠處那幢高樓的屋頂上開始的。我真想趕快跑到高樓那裡，上到屋頂，爬上這道神仙的橋，使我可以到天堂上遨遊一番。

廣場上聚攏了一群孩子，他們都仰頭望著這道美麗的彩虹拍手歡呼。我聽見一個很小很小的小女孩問她的媽媽：

「天上那條美麗的絲帶是誰的？媽媽，妳去把它摘下來給我玩好嗎？」

呀！廣場上活潑可愛的孩子、廣場附近的叢叢矮樹、遠處的新式公寓、更遠處的紫色群山，還有橫跨天際的彩虹。我恨我不會畫畫，而這枝禿筆又是如此笨拙，難以捕捉當時的美景。

屋瓦上的訪客

我窗子的對面是長長一列深灰色的屋瓦，把藍天遮住了一大半。本來，這樣的景色是最單調的；但是，由於時常有成群的鴿子和小麻雀在那些屋瓦上棲息、遊戲，單調的景色也就變得多姿多彩了。

鴿子真是家禽中最美麗最可愛的一種。這和平之鳥，牠們的體態又是那麼軒昂；當牠們抬頭挺胸在屋瓦上緩緩踱著方步，我老是覺得像是一群古羅馬的穿著灰袍的貴族在廣場上漫行。我固然很欣賞鴿子在飛翔時翩若驚鴻的美妙姿勢；不過，牠們在屋瓦上的靜態美卻又另有動人之處。

和鴿子們相反，小麻雀卻永遠是動態的。當牠們停留在屋頂上時，也很少有靜止的一刻。牠們跳躍、覓食、閃動著小小的軀體，忙個不休。麻雀也許只是一種卑微而且有害人類的小鳥；可是，牠們那圓圓胖胖的小身體以及圓圓的小眼睛，看來是多麼的有趣！當對門屋頂上出現了這一群可愛的訪客，看著牠們跳躍不停的身影，聽著牠們啁啾的叫聲，我覺得什麼煩憂都沒有了。

隨想曲

春樹

幾場春雨，路旁一些原來只剩禿枝的樹木，枝頭又紛紛茁長出嫩綠的葉子來了。樹梢是帶黃的淺綠，再下去是草綠，下面是成熟的深綠。細細的葉子，密密地綴滿枝頭，遠遠望去，淡淡的青、濃濃的綠，亭亭有如華蓋。

我最喜歡春天的樹，尤其是細葉樹。那些纖細的新葉在枝頭的組合是如此奇妙，整棵樹，就像是一朵碩大無比的花。它是綠色的花、碧玉的花、翡翠的花，愛樹者心目中的奇花。到了夏天綠葉成蔭的時候，枝葉太繁，鮮艷的綠色也變成墨綠，就不再像花了。

「渭北春天樹，江東日暮雲」，春樹是容易引起鄉思的。啊！何時才能看到故鄉的春樹？

光與影

微風過處，窗外樹影婆娑，金色的陽光把這些樹影印在我的白紗窗簾上，形成了一幅不規則的、光影迷離的、活動的黑白圖案畫。大自然奇妙的神來之筆，使我迷惘良久。

光和影，可說是最美麗的大自然景象。沒有陽光，世界將是一片黑暗。有了陽光，大地才有光明，才可以享受到柔和的月光與星光的照耀；萬物才得以滋長。

有光，才會有綽約的影子。想想看：「波光雲影」、「山色湖光」、「波光瀲灩」、「月移花影」……是何等美妙的境界！

抬頭見喜

在馬路旁等候公共汽車的時候，偶然一抬頭，看見馬路對面一棟公寓四樓的陽臺上有一盆不知名的植物，伸出了一枝瘦伶伶的細莖，莖端一朵淡黃的花，正在迎風招展。那株植物遠看似乎是很枯瘦，一片葉子也沒有，了無生機，像是奄奄一息的樣子。惟其這樣，也才愈益顯出那朵花的精神奕奕、卓爾不群。

我不太明白人家過年時貼在大門上，用紅紙寫著金字的橫條「抬頭見喜」的「喜」字是什麼意思，是喜鵲呢？還是別的被認為是吉兆的東西？我抬頭看見了人家陽臺上一朵孤零零的、有著堅強的生命力的、美麗的小花；對我而言，這就是一件喜事。

秋的絮語

落葉

假如說這世界上真的有所謂的「缺憾美」的話，那麼，我是喜愛落葉多於盛放的花朵以及滿枝的繁綠的。我覺得：人們欣賞和歌頌盛開的花朵是一種趨炎附勢、錦上添花的行為，為什麼沒有人肯向飄零的落葉多看一眼。

惱人的長夏終於消逝了，枝頭無復繁花，西風微有涼意；於是，枯黃了的葉子開始一片又一片地從枝上落了下來。它們是那樣輕盈，在風中飛舞著的姿勢是那麼曼妙，它們沒有哀怨，只是順乎新陳代謝的自然律，回到泥土中。當我看到那一片片黃褐色的枯葉在無聲地慢慢飄落時，總是感到有一種難以形容的、不流凡俗的美，好像是一首孟德爾松的《無言歌》無聲地譜出秋的旋律。

在秋天的樹林中散步，也是一種無上的享受。髮上、肩頭，不時飄來一片友善的葉子，當你把它拿到手上的時候，想到它那可憐的身世，一定會撫摩再三，不忍心把它丟棄。腳底下，是千千萬萬張落葉舖成的地毯，走在上面多軟綿綿、多舒服啊！我還好像聽過一個小女孩說，走在落葉上的沙沙聲是她所最愛聽的聲音之一。噢！小妹妹，我告訴妳，這正是秋聲的一種呀！

秋水

可憐的我，在這幾乎沒有秋天的海島上棲遲了十三年，已差不多把秋天的景色忘記了。在這裡，除了早晚的幾陣風使人感到有點秋意外，就再也找不到秋的踪跡。這些日子，我注意到天空特別藍，藍得特別好看，是屬於湖水的那一種，這，大概就是島上唯一的秋色了。

天特別藍，藍得像湖水，這使我想到王勃的名句：「秋水共長天一色」，秋水會像天空一樣的顏色？他所指的秋水是什麼呢？於是，我作了一番最淺易的「考據」工作；這個句子出自他的〈滕王閣序〉，滕王閣是在南昌，南昌距離鄱陽湖不遠，他所指的「秋水」，應該是鄱陽湖的湖水而不是贛江的江水才對吧？

我閉著眼，眼前現出一片茫茫無際，與天同色的湖水；西風過處，水波粼粼，岸畔蘆荻蕭蕭，蘆花似雪。啊！美麗的故國河山，我在夢中都忘不了妳！

秋空的鴿群

生長在南國的我，從來不曾看見過一隻秋天的候鳥——雁；只在小學的課本裡看過「雁兒飛成人字形」的文字和圖畫。

我一直渴望著看到秋空上的雁群，然而，我竟可憐得連燕子都極少看到。在都市中，唯一能經常看到在天空翱翔的禽類，只有鴿子。

我沒有飼養過鴿子，不知鴿子的習性，不知牠們喜歡在什麼天氣裡飛翔。也許牠們比較喜愛秋高氣爽的日子吧？要不，為什麼近來我窗外的天空常有成群的鴿子飛舞呢？

還有比這更美麗的圖畫嗎？在藍得像湖水的天幕下無數白羽在翱翔。大地是如此寧靜、安詳，牠們真不愧是和平的使者啊！這時，我忽地又想到一首在小學時曾經讀過的胡適先生的詩：

雲淡天高，

好一片晚秋天氣！
有一群鴿子，
在天空中遊戲。
看牠：們三三兩兩，
迴環往來，猶夷如意；
忽地裡翻身映日，
白羽襯青天，鮮明無比！

手頭沒有書，不知有沒有記錯，總之大概是如此。在胡先生這首樸實無華的小詩裡，不是已把秋空中的鴿群描得淋漓盡致了嗎？我何必還要饒舌和續貂呢？

心弦

晴秋的黃昏

晴秋的黃昏，風，涼涼的，吹面不寒。空氣也涼涼的，像沁進了薄荷油，使人神清氣爽。

紅燈籠似的太陽還掛在高樓的背後，馬路對面大王椰子樹的梢頭已升起了弓形的上弦月，它的光芒黯黯淡淡的，像是一面缺了一半的舊鏡子。一個只有兩三歲的小孩仰起臉對他的母親說：「媽媽，太陽！」

「寶寶，這是月亮，不是太陽。」年輕的母親彎下腰去拉起孩子的手。「太陽還在這些屋子的後面哩！」

在依然燦爛的落日餘暉下，灰藍色的天空瀰漫著玫瑰色的霞光，行人的臉部像擦了胭脂。遠山凝紫，行道樹仍舊青蔥，家家戶戶初亮的燈光昏黃。

雖然沒有紅葉的點綴，寶島晴秋的黃昏，還是彩色繽紛。更何況，今天還有紅燈籠似的太陽和淡白的上弦月？

橋上橋下

一個有霧的清晨，我在橋上散步。河上，煙水蒼茫，白濛濛一片。一會兒，紅日初升，曉霧漸散。我走到河堤上，草坪上的小草都綴滿了顆顆晶瑩的露珠，沾濕了我的涼鞋，一股清涼，從趾間直沁靈臺。

粼粼的河水漾著一層層的金波。一葉扁舟靜靜地隨著流水飄浮著。舟中一個老人（是漁翁嗎？），就那麼坐著，什麼也不做。在二十世紀七十年代的今日，居然還有人能過著這種與世無爭的悠閒生活，「一壺酒，一竿綸，世上如儂有幾人？」真是奇蹟，也令人羨煞。

橋上，車陣如梭，行人如織；橋下，卻是綠水長流，扁舟容與。這豈不是兩個截然不同的世界？

也算郊遊

假日裡，渴望著到山巔水涯去跟大自然親炙一下；但是，走到火車站前，看到黑壓壓的人潮，我的心就冷了半截。於是，我決定坐上任何一部最空的公車到任何一處有山有水的地方。就這樣，我坐上一部開往社子的空車，而在民權西路口下了車，因為我臨時決定要到動物園去。

圓山雖小，也算是山。山上有樹木、有涼亭，也略具公園的條件。這一次，我來的目的不是看動物，所以除了探訪我喜愛的獅子、老虎和梅花鹿外，就直奔山頂的一座兩層涼亭。

我站在亭的上層，披襟當風，憑欄遠眺，臺北盆地都在腳下。市廛雖近，市聲卻遠。在這裡，聽不見車輛的馬達和喇叭聲，也沒有車塵和煤煙的污染，誰說這裡不是鬧市中的一片乾淨土？

我站著站著，山風漸勁，塵慮漸空，一縷思維，幾欲乘風而去，越過群山，飛向無垠的遠處。

登圓山而小臺北，這也算是最近的郊遊吧？

隨筆三則

滾動之石

朋友告訴我：有人說她在工作方面頗喜「見異思遷」。關於這一點，她不否認。她雖然是個內向而好靜的人；但是在居留地和工作這兩方面，是會靜極思動的，她說：這正應了西諺所說的「滾動之石不生苔」，碌碌半生，頻頻變動，以至一事無成。

「滾動之石不生苔」這句話我還是從父親那裡第一次聽到的。父親是早期的留學生，也不曉得是因為他興趣太廣呢，還是環境的關係，在他的一生中不知轉換過多少種工作，從過政，經過商，也教過書。照理，以他的學歷和經驗，應該可以像他當年的同學一樣，官居要津的吧？可是，父親到了晚年，卻只是一個高中英文教員。那年，他老人家寫信給我說：「余一生工作轉換太多，以至迄今兩袖清風，家無恆產。正所謂滾動之石不生苔是也。」言下，似乎不勝後悔之意。

為了要「生苔」，一個人真的應該在自己的崗位上守株待兔嗎？人往高就，水往低流。為了求發展頻頻更換工作，從另一個觀點來看，是不是有進取心的表現？一個人到底應該像「江流石不轉」那樣積聚青苔，還是應該涓涓不息地「流水不腐，戶樞不蠹」？我感到困惑不解。

論武俠片

武俠片是國語片在一窩蜂的風氣中繼黃梅調之後興盛起來的。但是，它的命運顯然要比黃梅調幸運得多。自從興起以來，迄今已有數年之久，不但不見低落，反而似乎方興未艾。

人們為什麼會迷上武俠小說和武俠片，誰都知道那是基於一種喜歡刺激的心理。這與人們喜歡看拳擊、摔跤等「肉搏」場面一樣，應該不是十分正常的。

我實在不明白這一類武打片有什麼好看。劇中人不論男女個個怒目橫眉、滿臉兇相；出現在鏡頭上的除了刀光劍影、血肉模糊，一片殺戮之聲以外，可說什麼也沒有。兩個鐘頭下來，除了可得到「好人勝利，壞人被殺」這種幼稚心理的滿足以外，我不知道還有什麼收穫。

也許有人因為外國人也喜歡看我們的武俠片而沾沾自喜。要知道，他們只是出於一種好奇的心理，當作是看連環圖畫，哪裡把它看成是欣賞電影藝術呢？

一窩蜂的拍武俠片，不但表示我們的國語片製片人不求進步，而且還在開倒車。要知道，「火燒紅蓮寺」的時代，距離現在已經四十多年了。

我的願望

這是一個小學生作文的題目。但是，願望人人都有，從六歲的小學生到七八十歲的老人，誰又沒有一個白日夢或對未來的憧憬？

少女希望嫁得金龜婿；大學生希望放洋；中年人希望名譽與財富；老年人希望身體健康、子孝孫賢。假如以職業來分類，那麼，受薪階級渴望遷陞；商人冀求暴利；演員希望一夜成名；藝術家希望一鳴驚人……

我從小既無大志，又乏野心。活了半輩子，到如今似乎還沒有什麼了不得的志願。假使一定要我言志的話，那麼，我可以用「讀萬卷書，行萬里路，寫幾篇好文章」這十四個字來包括。

讀萬卷書是每一個讀書人的願望；行萬里路——旅行是個人除了音樂以外唯一的愛好。至於寫幾篇好文章則希望是讀了萬卷書和行了萬里路之後的成果。只是，俗務羈人，這些不算區區之願，不知能夠完成否？

驚鴻小記

偶然得來的一些心靈上美的感受，往往就像驚鴻一瞥，稍縱即逝。

散步在冬陽下

在晴朗得一切都近乎透明，一切都閃亮得近乎鍍了一層K金的冬日裡到郊外去散步，真是一樁賞心悅目的事。

暖暖的陽光溫柔貼熨得像是慈母的手；空氣飽含著草木的甜香；蒼鬱的群山擁抱著膜拜它的子民；路旁的綠樹依舊一片葱蘢（這是南國之冬啊！）；潺潺的小溪跳過一堆又一堆的亂石，歡欣地唱著歌。一切都愉悅而美好。

就這樣，沿著沒有車塵的大道慢慢地徜徉著，什麼也不想，更不需要伴兒，只是盡情享受冬陽的柔撫與散步的情趣。走著走著，人就像飄浮在澄澈晶瑩的空氣墊上，竟然久久都不覺得累。

初見楓樹

說來無人相信，我這個在離亂中長成、浪跡過不少地方的人竟然從來不曾看見過楓樹，只有在圖畫和電影中欣賞過那紅艷勝於春花的霜林美景。初冬裡的一天，我居然在小南門附近發現一棵紅葉樹，就僅僅那麼一棵，瑪瑙般的掌狀葉片片嫣紅欲醉，在其他翠綠的行道樹中顯得非常出色。驟見那滿樹紅雲，我頓生驚艷之感。「楓樹！楓樹！」我在內心狂喜地吶喊著，我終於看到一棵真正的楓樹了。

我站在路旁，癡迷地仰望著樹梢一叢叢一簇簇紅於二月之花的霜葉，無端端地就想起了我從來不曾到過而卻魂牽夢縈的北平西山上的一片楓紅。

懷古與鄉愁

無意中路過萬華區一條最最古老的街道，一間小廟中瀰漫著裊裊爐煙，撲面送來陣陣的香燭味，使我的靈魂立刻回到四十年前廣州外祖父的家。多稔熟、多親切的氣味呀！兒時，我因為憎恨成人迷信神佛而對香燭味感到十分厭惡；而現在，我卻從這上面嗅到了鄉土的氣息。

這條街道的建築物恐怕都有五六十年以上的歷史了吧？被都市污濁空氣燻成黑褐色的紅磚平房、瓦頂、木門，呈現出一種古色古香的拙樸之美。大門上的紅漆早已剝落，木紋歷歷可數，就像老人臉上的風霜。若不是那些不時駛過的機車與計程車，還有那些穿著功夫裝和喇叭褲的少女，我真懷疑自己走進時光隧道裡。

爐香、燭火、古舊的紅磚房子、斑駁的木門……看著這些七十年代都市中殘餘的古蹟，縷縷懷古的幽思與鄉愁，於焉冉冉而生。

讀餘偶感

還有更壞的

一般人在遭遇到橫逆或者不幸的意外時，絕大多數都會憤憤不平與怨天尤人。但是，假使你知道了愛爾蘭人的人生哲學以後，我相信你的看法一定會改變過來。

在一九七二年諾貝爾文學獎得主磐爾的《愛爾蘭之旅》一書中，他這樣說：「當你在德國發生事故，趕不上火車，跌斷了腿，或是破了產時，我們會說：這真是壞透了。不管是發生什麼事故，它總是最壞的事。但愛爾人的說法剛好相反：倘若你跌斷了腿，趕不上火車，或破了產，他們會說：這還好，因為假使你沒跌斷了腿，可能會摔斷了頭；假使沒有破產，可能會失去心境的安寧，因此即使破了產也犯不著悲痛欲絕。無論發生了什麼事故都不是最壞的；反過來說，最壞的事永遠不會發生的。……」

愛爾蘭人甚至對於最壞的事——死亡——也抱著這樣的態度：「要是死了，你便解除了一切的煩惱。對每一個悔悟前非的人而言，死亡不是通往天堂的最佳途徑嗎？……」

這是多麼灑脫、樂觀、幽默而可愛的人生哲學！連死亡都不畏懼，那麼，在這個世界上還有什麼東西能夠剝奪他們的歡樂呢？愛爾蘭是個地瘠人貧的國家，天然的條件極為不利，真想不到他們的人生觀竟是如此豁達。

比起五十年代的愛爾蘭人（磐爾書中的時代背景），我們的生活環境不知比他們幸福多少倍。我們為什麼還常常為一些微不足道的小事而煩惱生氣，而自怨自艾呢？就算真的遭逢不幸吧，「留得青山在，哪怕沒柴燒」，只要自己活著一天，還是大有可為的。

「無論發生了什麼事故都不是最壞的；最壞的事永遠不會發生。」讓我們學習愛爾蘭人豁達的人生哲學，把什麼事都看成不是最壞的，一切壞事都還有最壞的。我相信，這樣我們將永遠不會煩惱，心靈中也永遠保有著快樂。

日記

我大概從初中的時代就開始寫日記。現在，早年在大陸上所寫的，都因戰禍散失了，來臺後早期的也因為歷次的搬家而沒有留存。如今，櫃子裡堆放著的，已是這十幾年的「近」作。

近十幾年，是我一生中最安定也最缺少變化的時期。偶然翻翻這些舊日記，竟發現許多日子十多年來都過得幾乎一樣，不禁為自己生活的平凡、刻板而感到慚愧。

像過年、家中每一個人的生日、母親節、父親節、中秋節、結婚紀念日等，雖然這些年來家裡有好幾個人相繼出國，但是也添了新的成員，為什麼慶祝的方式年年一樣呢？還有好些場合，也總是年年、月月出席，碰來碰去的又都是那些人，多貪乏無味的生活！

少年時代的日記是一本本成長的紀錄，充滿著新的希望。中年以後的日記難道只是生活的流水帳和複印本？

二十世紀的德國詩人里爾克在《馬爾泰手記》中這樣寫著：

每當春天來臨的時候，重讀往日的日記，新的一年對我似乎總是像一種責難……呵！也許我仍是屬於已經死去的往年。也許，這是新的難題，我們必須忍受年的輪迴以及愛。花與果實自然成熟、下墜，禽獸互相追逐、相親，滿足於牠們之所有。只有我們人類，曾受神諾，卻永遠不能滿足。我們將自然無限地拉長，我們需求更多的時間，對我們而言，一年是什麼？百年、千年又是什麼？……

一年又一年生活足跡的重疊，我是不是正像書中馬爾泰那樣「屬於已經死去的往年」？花果自然成熟、下墜，禽獸滿足牠們之所有，人類卻是「忍受年的輪迴」、「需要更多時間」，這到底又因為人類是萬物之靈之故，還是人類的悲哀呢？

我一面翻閱自已那些少有變化的生活流水帳，一面想到里爾克這本唯一的小說《馬爾泰手記》；既為自己的不長進悲哀，也為人類的被賦有思想和對時間的貪婪感到悲哀。

音樂，是撫慰心靈的良藥。

（頁八四）

空氣中充滿著海水鹹鹹的氣息……溫柔的海濤緩緩地輕輕地一下一下吻著沙灘。每一次漲起來的海潮都像是鑲著白色紗邊的綠羅裙，那是海之女神的裙裾嗎？

（頁九三）

長期的寂寞雖使人難堪，而偶然寂寞卻是一種享受。

（頁九九）

輯二　心底微波

心底微波

人的符號

經常在一些報表上簽上自己的名字，是我的工作之一。做慣了，我對這項工作已感到麻木而毫無意義，每次簽名的時候，我的手就變成了機器，自自然然地就會寫出那熟稔的、一生中不知寫過多少次的三個字，根本不須要經過大腦。

然而，有一次卻不同了，我忽然對著那三個字起了疑問：這三個字就是代表我的符號嗎？假如不是我在幹這份工作，換了任何三個字或者兩個字，這份報表的本質還是不變的；那麼，我的這個名字簽在上面又有什麼意義呢？

若干年前，這三個字曾經連續不斷地在一個小學生、中學生和大學生的作業上出現過；在後來的身分證上，它是人之妻、人之母；而在這些報表上，我卻又只是一個微不足道的工作人員。「人生到處知何似，應似飛鴻踏雪泥」，在人生路途的下一站，天曉得我這個名字又代表著什麼？言念及此，不禁悯然良久！

張三李四、阿貓阿狗、約翰瑪麗，通通都是人的符號，這個符號，對你自己、對社會、對國家，是不是有價值和有意義，那完全是操縱在自己的雙手上，與別人無關。假使有一個人真的淡泊到視功名如塵土，那麼，這個人的名字便真的只是一個符號，毋須為它而營營擾擾，終日不安。但是，世間上又有幾個人做得到呢？

囚

很多年前看過一幅西洋漫畫，它留給我的印象深刻極了。這幅漫畫有三部份，上面畫的是一個嬰兒坐在四面有欄干的方形游戲欄內，中間畫的是幾個小學生站在圍有高高鐵欄的校園內，下面畫的是幾個銀行職員坐在櫃臺內工作，在他們的面前，赫然又是圍著鐵欄干。題目是「人生之囚」。

我是個心腸很軟的人，每每看到了籠中之鳥和檻中之獸而惻然不忍。然而，身為萬物之靈的我們，又有誰能夠擺脫那人生之囚呢？小時被關在遊戲欄裡，入學後被關在校園裡，長大後即使不一定做銀行職員，可是，生活的枷鎖、名利的桎梏還不是緊緊地羈絆著每一個人的身心？我們全都是無形的囚徒啊！

樓頭織女

斜對著我們後窗的一座小樓，是一家小型服裝店的工作場所。每天，我都可以看到有四五個妙齡少女在那裡低頭工作，軋軋的縫衣機聲也隱約可聞。不知怎的，我每次看到這群辛勤的織女，馬上就會想到「娥娥紅粉妝，纖纖出素手」這兩句詩，而對她們肅然起敬。

在她們這個年齡裡，家境好一點的，都在大學裡享受她們的金色年華。有一些則正沉醉在緋色的綺夢中，大談戀愛。小部分意志不堅、貪慕虛榮的，又可能墮落在聲色場中，出賣她們的青春與色相。唯有，像這幾個樓頭織女一樣，甘願埋沒她們的青春，以勞力賺取生活所需，或者為自己掙點未來的妝奩費的，是最可敬的一群。誰不珍惜自己的青春？誰不想在少艾時盡情享樂？然而，這些勤勞刻苦的寶島姑娘們卻另有她們想法：自食其力最可貴，有耕耘，才有收穫。

我虔誠的祝福這群樓頭織女，願她們的生活得以改善，早日覓到如意郎君。

短歌兩闋

母親教我的歌

兩個月前，兩個孩子都進了一家音樂學校修鈴木教學法的鋼琴和小提琴，一週上一節課，家長必須參與。老大才五歲，老二四歲，他們起步這麼早，真令我羨慕（我可是二十八歲才半路出家的）！當然，這是因為他們有學音樂的環境，不過我也很感激媽對我自幼的啟蒙。坊間有些名歌唱家的唱片，往往以《Songs My Mother Taught Me》為總標題，表示獻給他們的母親，感謝她對他們早年的栽培。

不久以前，我到林肯中心的愛樂廳去聽排練。本來是為了下半場的曲目而去的，當時上半場柴可夫斯基的第五號交響樂還沒排完，剛演奏到第二樂章完畢，進入較明亮的圓舞曲第三樂章，接著一段過渡後，不休止進入終樂章堂皇的進行曲主題——3・33

4・32—30—V———聽著聽著，一種溫暖親切的感覺向我襲來，竟使我眼眶濕潤，不能自己。媽……這是我們兄弟幼時您常常跟我們一起欣賞的樂曲之一啊！別後這麼多年，您還有沒有在聽呢？……

這是大兒從紐約寄回來的家信中的兩段。他說他聽了柴可夫斯基的那段樂曲而眼眶濕潤，我卻是讀了他的信而熱淚盈眶。現代人真是可悲而又可憐，成年子女總是無法跟父母長住在一起。並非他們不想跟父母一起，而是時勢所逼，為了學業，為了事業，年輕一代寧願遠走高飛，自闖天下。這種情形，不獨我家如此，社會上一半的家庭也如此。算一算，大兒去國竟已十六年，「梨園子弟江湖老」，他也進入哀樂中年，早生華髮了。

他們兄弟小時，此間還沒電視，家家戶戶都只靠一部收音機來排遣睡前的時光。而他們兄弟能夠受到古典音樂的薰陶，也是靠著一部收音機。

兒子說我是他學音樂的啟蒙人（我也常說先父是我喜愛文學的啟蒙人），我覺得很慚愧，因為我只是誘導他們去接觸音樂、欣賞音樂而已，我本身對音樂也只是個門外漢。

我常常這樣想：父母子女之間，除了天性和親情之外，是不是還需要有一些別的東西來維繫他們的關係呢？一些共同的愛好，應該是加深他們關係的最佳媒介吧！怪不得大兒寫的家信讀來總是比較動人，原來，在每封信中，除了談近況，談家事外，他總是不忘把音樂方面的事帶上幾筆（有一次，他還抄了幾段古典名曲的五線譜來考我）。因為，音樂正是維繫我們母子感情的一個重要因素。

少年時代雜老歌

好久沒有碰我的電子琴了，因為我沒有時間也不肯去學指法，始終不會彈，興趣就越來越低落。有這麼一天，心情有點抑鬱，什麼也不想，感到百無聊賴，不知如何去消磨永晝。我隨便往琴前一坐，掀起琴蓋，把按鍵按到「鋼琴」上，用一隻手指隨意敲打著。一面，打開樂譜一頁頁地翻看。爛熟的，不想彈；陌生的，不會彈；不愛聽的，也不想彈。這樣，心情越來越鬱悶，無力的手指敲打出來的琴音也越來越冷寂、生澀，意興也更闌珊。

當我翻到歌譜的後面幾頁時，忽然，〈阿富頓河〉這個歌名出現在我眼前。5—1 1 3 2—1 1 5—6 1 6—5—5……這熟悉的、心愛的、柔美的旋律便自然地輕輕地從我的口中哼出，一面，生硬的手指就拙劣地把這首久違的、幾乎是我最喜愛的歌曲彈奏出來。一曲告終，心情立刻為之好轉，意興也跟著飛揚起來。

我把歌譜一頁頁翻下去。啊！〈羅奔湖〉、〈安妮羅莉〉、〈夏日最後的玫瑰〉、〈問我何由醉〉、〈秋夜吟〉……這些蘇格蘭或者愛爾蘭的民謠，都是極為抒情，極為悅耳的，我從高中時代便對這些歌曲鍾情不已，到現在仍然不改初衷。只是多年沒有開口唱歌，這些歌譜早已塵封；如今，故友重逢，那份溫馨，那份欣悅，又怎不令人狂喜？

儘管美麗的旋律被我拙劣的琴音詮釋得荒腔走板，盡失原味；但是，我把這些少年時代最喜愛的老歌彈了一首又一首之後，心中的煩惱卻全部不翼而飛，又恢復了平日的愉快。啊！何以解憂，唯有音樂！怪不得專家們說莫札特的音樂可以治病。短命的英國詩人濟慈也說過：「讓我死時獲得音樂，我再也不用找尋其他的快樂了。」

像是天使言語般的音樂，真是撫慰心靈的良藥。

花樹

世間上有許多事往往費盡心力去追求而不可得；但是，也常會在無意中得到企盼已久的事物。這種「失」的惆悵和「得」的驚喜，不論事情的大小，在身受者的心中多少會形成一種衝激，使得平淡的人生，泛起了微微的波瀾。

日前，曾經為了避免人潮，在花季開始之前，與女友數人前往陽明山欣賞早梅。然而，也許花期未到，那些光禿禿的，不知是梅還是櫻的枝頭上，只不過點綴著疏疏落落、怯生生、瘦伶伶的幾朵單薄白色花兒，一點兒美感都沒有，使得我們乘興而去，敗興而返。

前兩天，偶然從我家附近一條我極少經過的小徑走過，偶一抬頭，那幢深院大宅的高高圍牆內，赫然聳立著一樹艷紅的繁花，使得它旁邊的群樹完全失色。喝！踏破鐵鞋無覓處，得來全不費工夫，何必迢迢遠路跑到陽明山去人擠人的看花呢？如此艷麗的一株花樹，不就在距離我家不到五分鐘的路程內嗎？

隔著圍牆，我癡癡地向內抬頭眺望。那棵花樹起碼有兩丈高，枝椏濃密，開滿了紅灼灼的小花，這些小花一叢叢、一簇簇的倒垂著、盛放著，我一看，就確定是櫻花，而且一點疑惑也沒有。

冰雪之姿的梅花不是這個樣子的，即使是盛開，也只是綴在枝頭而不會成簇地垂吊著；比起來，疏影橫斜、暗香浮動的梅花，在格調上比櫻花高雅得多了。正如東瀛少女也有楚楚動人的，但總嫌小家子氣，哪有我們中華美女的國色天香、雍容華貴？

儘管如此，在鬧市的路旁，這樣滿枝紅雲的花樹，還是占盡風情，極其出色的。我癡立牆外好一會兒，把這一樹怒放的櫻花端詳夠了，這才依依不捨地離去。在它們還沒有凋謝之前，我還會再來的；我怎能放棄這個在市廛賞花的良機？

偶然看到盛開的櫻花是一次驚艷，想不到，另一天，我又在另外一條馬路旁，意外地看到了滿樹變紅的楓葉，湊成了兩次驚艷。

楓樹本來就是我最喜愛的樹，它夏天裡茂密的濃蔭和秋冬後斑斕的彩葉都是我所欣賞的；可惜，在寶島上難得看到紅葉，偶然一睹，雖則紅而不艷，又只是孤零零的一棵，我仍然感到狂喜。徘徊樹下良久，很想掇拾一兩片回去作紀念，楓樹卻是吝嗇得連一片枯葉都不肯飄下。

滿樹繁櫻和變紅的霜葉都是我一直渴望看到而沒有機會看得到的；如今，卻在兩日之內無意中看到了，人生的得與失，又豈能逆料？兩次小小的驚艷，在別人眼中也許只是微不足道；而我，便已深深感謝大自然的賜予。

思絮的飛揚

觀念的改變

坦白的說，我本來不怎麼喜愛國畫，因為我覺得它太呆板，章法過於嚴謹，而又缺少變化。但是，自從在中西名畫展覽會中參觀了溥、張、黃三位大師的作品後，原來幼稚而不正確的觀念，便頓然改變過來。我最先看到的是溥心畬大師的畫，從他那琳瑯滿目的精心傑作中，胸中便已感染到一股中國文人的高雅氣質。再看黃君璧大師的作品，一幅幅瀑布寫生的逼真與雄渾，站在畫前，似覺水花撲面，似聞水聲潺潺；這時，我才了解國畫也有寫實派。最後，再看張大千大師的巨幅荷花和山水，我在震驚於他氣魄如此豪邁之餘，覺得他的意境與造詣，又在溥、黃之上。

我在三位大師的畫前徘徊良久，但覺身心都充滿了中國人五千多年來的道統精神，渾忘了自己是處在一個心靈和肉體都被物質文明污染了的時代。後來，再去欣賞我一向極為喜愛的西方印象派名畫時，與我們的文人畫一比，竟也覺得俗雅懸殊，興趣缺缺。這種觀念上一百八十度的改變，連我自己也感到詫異。

白花

陽臺上一盆粉白色的玫瑰開花了。它的顏色是那麼淡，淡至欲無，愈開顏色愈淺，遠看就像一朵白花。但是，它的香味卻特別濃郁，甜香醉人，比起另一盆紅色的玫瑰，芬芳得多了。

上天造物是很公平的。對花卉而言，有色便無香（只有少數例外），有香便無色。所以，凡是白色的花朵，像百合、夜來香、白蘭、茉莉、含笑……等等都是香氣襲人；而那些色彩艷麗的，就沒有芳澤。人也一樣，貌美的多數無才，是虛有其表的繡花枕；外表平凡的反而會蘊藏著內在美。

你願意做一朵芬芳四溢的純潔白花，還是有色無香的俗艷花朵呢？

安貧樂道

在秋老虎的肆虐下，如火的驕陽毫不容情地在煎熬大地、午後的大街寂然無人，大家都躲在家中「避暑」，或效宰予之晝寢。

有一個補鞋匠，利用巷口一面告示牌的背後，搭起一塊塑膠布，擺了一個木箱和一張小小的帆布摺凳，就成了他賴以謀生的大本營，現在，這個年輕的補鞋匠剛剛享受完他的午餐——路旁小攤子上叫來的一大碗豬腳麵。用那件污黑的汗衫揩了揩嘴，把帆布凳子挪一挪，在塑膠布的陰影下，頭靠在灼熱的牆壁上，抱著雙臂，追尋他的好夢去了。他睡得那麼酣暢，臉上的表情又是那樣滿足。我不知道，那些睡在有空氣調節房間裡的彈簧床上，而又經常失眠的人和他相比，到底是誰幸福？是誰快樂？

安貧樂道的小人物，你是有福的。

小我與大我

我常常聽見有些人躊躇滿志地說：我的兒子出國了；女兒結婚了；我不愁吃、不愁穿還擁有房子、汽車、彩色電視機，以及所有的電化用品，我什麼都有了，夫復何求？

這些人的功利思想和物質至上主義令我吃驚。人生假使真的像他們那樣簡單，那樣容易滿足，哲學家和文學家又何必孜孜矻矻，皓首窮經地去探討人生的種種問題呢？

這些人為什麼只知小我而不知有大我？他們為什麼不希望他人也像他們一樣幸福？不祈求國泰民安、早日光復大陸？不盼禱世界和平、人類永無疾苦？脫離小我的羈絆，人世間值得我們去追求去關心的事情可多著哩！

目遇之而成色

有一天，我從汀州街的一條巷子走向羅斯福路。忽地，我被眼前的景色攫住了。

在一幢整面都是玻璃窗的高樓前面，一棵開滿了橙紅色花朵的木棉樹英挺地站在人行道上。木棉樹的葉子已經掉光，但是，疏落的枝椏有力地伸張著；巨大的花朵有著似是天鵝絨做成的厚厚花瓣，給人以雄渾的感覺。

羅斯福路的木棉樹，開花時的璀璨我是欣賞過的。不過，那似乎已是多年前的事。如今，老友重逢，內心不禁一陣興奮。我急步走向巷口，希望看到馬路兩旁兩列樹頂紅花吐艷的瑰麗景色。不幸，「自是尋芳去太遲，不須惆悵怨芳時」，羅斯福路兩旁的木棉樹，全都只剩下禿枝。偶然有一兩棵還沒有全禿的，亦不過只殘存著一兩朵失色的花，像這棵仍然滿樹紅花的，真可說一枝獨秀了。

何必貪多呢？在平凡的市容中，給我發現了這獨秀的一枝，讓我有機會欣賞到英雄花最後的美姿，不就是一次驚艷麼？

又有一天，雨後初晴，我下樓到巷口去寄信。一推開樓下的大門，就被巷子裡的寧靜與空氣的清新呆住了。巷子裡靜謐無人，柏油路面被雨水沖洗得乾乾淨淨。對門人家牆頭上的兩盆杜鵑花，像出水紅蓮似的鮮艷欲滴。兩三隻小麻雀在地面上跳躍覓食，啁啾的聲音清脆可愛。於是，我又有了一次的驚艷。

我是一個非常容易滿足的人。雖然酷愛大自然，但是，我不一定認為要名山大川或豪華的花園才美。我眼中的美是很平凡、很「小兒科」的，別人不屑一顧的景色，說不定就是我驚艷的對象。

有時，一條臭水溝旁邊，要是有一株柳樹在那裡搖曳生姿，我便會聯想到「楊柳岸曉風殘月」的詩情畫意。有時，經過一些搭蓋著低矮木屋的陋巷；要是那一間木屋的屋頂上攀緣著長春藤，或者門前用奶粉罐種了幾盆花，我也會發生美感。

我覺得美是存乎心中的，與外界似乎關係不大。所謂「目遇之而成色」是也。

記得多年前聽過一位學畫的美國太太說她很喜歡我們中國的漁船，對她而言，那是非常美麗的景色。當時，我並不太了解她的想法，以為這只是她對東方的好奇而已。現在想來，她不就是跟我一樣，對美的看法有自己的角度嗎？她對我們的漁船驚艷；我對路旁的一些平凡的景色驚艷，都是「目遇之而成色」呀！

海濱一夜

當車子離開了墾丁公園的大門，向東駛去，走進了一處幽靜的住宅區，然後停在一幢奶油色的平房面前時，我和同行的朋友們都不禁驚喜地叫了起來。這是我們將要停留一夜的海濱別墅哩！沒想到它竟然如此小巧可愛！

說它小巧，也不盡然。相當寬大的客廳，兩間面積不算小的房間，而它的浴室更比都市公寓中的浴室大一倍。也不知是由於保養得好還是海邊沒有灰塵，屋子裡面非常清潔，簡直可以說得上是纖塵不染。啊！後面還有個小小的陽臺，隔著一道種滿小樹的草坪，下面就是沙灘和大海了。此時，我已聽見了海濤的低吟，似乎在歡迎來客。

一看到海，大家的童心就都恢復了。紛紛踢掉鞋子，捲起褲管，赤腳奔向沙灘。腳底下的沙子好白好細，踩在上面，軟軟的，好舒服！那種感覺，勝似走在價昂的長毛地毯上。

空氣中充滿著海水鹹鹹的氣息，好香！今天，天氣晴朗無風，海水平靜，溫柔的海濤緩緩地輕輕地一下一下吻著沙灘。每一次漲起來的海潮都像是一幅鋪在沙灘上巨大無比的鑲著白色紗邊的綠羅裙，那是海之女神的裙裾嗎？

海之女神還擁有無窮無盡的寶藏哩！你看，沙灘上遺留著多少美麗的貝殼和石子！不知是誰首先發現了這些寶藏，於是，每個人立刻就像孩子似地紛紛彎下腰去尋寶。有人喜愛那些奇形怪狀的朽木和巨石，也有人專門挑選渾圓的卵石；但是我卻專從小處著手，我只要色彩鮮麗的小型貝殼和小巧的石子。於是，不久之後，我的手帕就兜滿了各種形狀的貝殼和小石，淡紅、淺紫、橙黃、灰藍、雪白……，五彩繽紛的，全都是大自然的傑作。大的不超過一個鴿蛋，小的比一顆黃豆還小。也許，它們只是一枚貝殼的碎片，也許，它們不值分文；可是，在我的眼中，卻是無價之寶（可不是？它們是海之女神的珠寶呀！），我不知道那些貝殼的名字，回家以後，特地在百科全書裡談到貝殼那一頁的圖片上對照，可惜卻沒有一個是吻合的，大概是因為東西方品種不同之故。

夜裡，這兒靜極了。我躺在潔淨的床上，聆聽著不遠處輕柔的海濤聲以及牆角蟋蟀的低吟，卻是遲遲不能入睡。我跟很多人一樣，換了床，換了環境，便難以成眠。我們這些典型的都市人，恐怕多少都患有輕度的神經衰弱症吧？

雖然一夜無眠，第二天我卻比誰都起得早（早？日出的奇景都錯過了）。搶先跑下沙灘，原來比我早起的人多著哪！有一二十個年輕的男女默默地盤膝坐在沙灘上，起初我還以為他們看海看得那麼虔誠，後來才發現他們是閉著眼睛的，原來是在默禱，只不知他們是屬於什麼宗教的。

有兩個漁人在收攏昨夜便已撒好的網，只見兩尾活鮮蹦跳的大魚和無數小魚、蝦、蟹都已成為他們的俘虜了。看他們的穿著與談吐都不像職業的「討海人」，大概是住在海邊的居民，把打魚當作副業或者作加菜之用吧！

早晨的海灘空氣分外清新，海風也特別清涼。望著綠波閃閃的大海，真是恨不得長留在此。可惜，來去匆匆，只不過一個下午和一個晚上的時間，我們便得賦歸了。為了要多留下一些美好的回憶，我們請司機把車子開到入口處等候我們，而我們則漫步在綠蔭掩映、野花夾徑的紅磚道上，緩緩地離去，目的只是想多看大海一眼，多親近一下這南臺灣海濱的勝景。

冷雨敲窗的黃昏

有涼風起自天末，那是南太平洋的颱風小姐裙裾的微飀。稀疏的雨點敲打著我樓頭的玻璃窗，為寂寞的黃昏增加了清脆的音韻、輕柔的旋律。雨絲使得暮色更朦朧了，朦朧得像在霧裡，而那些昏黃的路燈就像一朵朵霧裡的黃花。我獨自坐在樓頭，聽雨點敲窗，看霧裡的黃花。這樣的夜晚，在人生中會有幾個呢？以前似乎不曾有過，以後誰知道會有沒有。那麼，也許就只有這麼一個了。想著，我不覺瞿然。人生中的每一年、每一月、每一日、每一刻、一分、一秒，不是都不會重複的嗎？就只有這麼一次了，多寶貴的一分一秒！為什麼還有人怨嘆生活刻板呢？每一分一秒都是不會重複的呀！我就很珍惜這個雨點敲窗的黃昏，因為我不知道我是否會再遇到同樣的一個。

可不是嗎？逝去的永遠逝去了，它們將永遠不會再回來。在那些日子裡，你和我都曾經和鄰兒在巷口玩泥沙，為了一顆彈珠而打架。你也有過逃學到人家果園裡偷摘果子的經驗吧？瞞著舍監躲在被窩裡偷看小說又是什麼滋味？你曾經看見花殘而掉淚，看見落葉而嘆息嗎？如今你一定會說這是愚不可及、幼稚不堪的行為，是不是？這證明了那些日子已經很遠很遠。在那些日子裡，有笑聲，也有淚痕；如今，剩下的卻只有木然的表情和一顆冰冷的心。

我從來不曾這樣偷懶過，我只是呆呆地坐著，什麼也不想做。也許是因為難得有這樣清靜的夜晚，就乾脆讓自己自由一下也好。對時間我一向是個吝嗇鬼，從來不敢浪用一分一秒。這樣呆呆地坐著，既不做事，也不思索，簡直是奢侈的行為。啊！算了，人生幾何？同樣的夜晚是不會再來的，為什麼要對自己那麼苛刻？冥想吧！幻想吧！做夢吧（可惜我做夢的年齡已經過去了）！今夜是你的！有涼風微颺，有雨點敲窗，有霧裡的黃花朵朵。這真是個適宜於孤獨地做黃昏，珍惜它吧！它永遠不會再來了。

假日

家人們都到街上去消磨他們的假日，鄰居們也大都門戶深鎖，外出尋歡作樂去了，只有我獨自守在家裡。這是星期天的午後，一向喧嘩熱鬧的巷弄，頓時清靜起來。

由於身體感到些微的不舒適，我才偷來了這半日的悠閒。找出一本心愛的詩集，把忙累了一個上午的身體往床上一倒，順手還扭開了床頭的收音機，我要讓身心作一次盡情的舒散。

收音機正播放著「天鵝湖」，啊！這輕快而優美的旋律立刻在空氣中撒滿了金色的音符。我的眼前幻出一隊穿著白紗舞裙的舞女，她們正在那如鏡般澄明的湖面上，高舉雙臂，美妙而又輕盈地跳著舞著；當我心靈之眼正陶醉在這夢幻中的美景時，肉體之眼卻因過度疲乏而闔起來，我睡著了。

初秋的涼風把我吹醒，我發現剛才那隊白衣的舞女此刻已變成了天上的浮雲，而那泓如鏡面般的湖水卻正是淡淡灰色的天空。這種灰色的天空，我不討厭，我喜愛它一股幽淡的情調，彷彿代表了中年人的心境。

手中的詩集掉了下來，拾起來一看，我正翻到了雪萊的「哀歌」，這位短命詩人的名句「……我踏著我的殘年往上爬，看到從前立足的地方，我渾身發抖，青春的光榮何時回來？不再來——噢！永不再來！」，也就是我每天再三吟誦的詩句，我最欣賞這種哀愁欲絕的句子，正如我特別愛好李後主「故國不堪回首月明中」這一類充滿著國愁家恨的詞句一樣。

風漸勁，天空也漸漸由淡灰色而變為鉛色，「黃葉無風自落，秋雲不雨長陰」，的確，這已是秋天了。黃昏將至，出去遊玩的人們尚未歸來，秋日的黃昏有著特別憂鬱的況味，靜得連一隻蒼蠅飛過也聽得見，這時，我開始感到一絲寂寞，但是，我並沒有後悔自己的獨自留在家裡；因為，長期的寂寞雖使人難堪，而偶然寂寞卻是一種享受。

於是，我又翻到英國當代田園詩人戴維斯的詩：「這成個什麼生活？假使我們充滿著愁思，沒有時間停下來眺視。」是的，假使我們終日以心為形役，孜孜不息地忙碌著，沒有半點時間來從事沉思、閱讀或散步，使身心作有效的鬆弛，這樣的生活還有什麼意義呢？我不禁深深慶幸自己有了這個難得的、寧靜的、寂寞的星期天的下午。

如歌的叫賣聲

街上小販的叫賣聲，恐怕是以北平的最為悅耳；因為我讀過了無數描寫北平小販叫賣聲的文章，而從來不曾看過有描寫其他地方的叫賣聲的。

幾年前我寫過一篇「臺北的叫賣聲」，但我並沒有頌揚臺北的叫賣聲如何悅耳，如何好聽；我只是把這裡幾種有代表性的叫賣聲忠實地紀錄下來，留作紀念。

最近，我卻發現了一個最動人的叫賣聲，簡直美妙得像音樂一樣，它深深地吸引了我，我甚至想，北平的叫賣聲再好聽也一定比不上它。

是在那些人靜的午後，一聲聲悠長而清脆的女高音從街上飄來：「壞面桶——提來換——」這個叫賣聲，不但抑揚頓挫，而且有板有眼。「壞」字稍長，「換」字更長，「桶」字最長，到了尾巴上還有個小小的變音，就像樂譜中音符上面那幾個附加的小音符。

一聲又一聲的，它的拍子從來不會錯，它主人的音色又是那麼圓潤、甜美、嘹亮，真比唱歌還好聽。我幻想這個小販一定是個臉如蘋果的健美少婦，可惜經常都是只聞其聲不見其人，一直沒有看到她的芳容。後來，我一聽見叫賣聲在遠處響起來，就趕緊到窗口去等待，才終於看到了這位「街頭歌手」。我的幻想和實際並沒有相差得多遠。她是個三十來歲的婦人，雖不美麗，卻也長得端端正正的，挑著一擔鋁製器皿，笑容可掬地叫賣著。

她有一副金嗓子，假如年輕時有機會受教育，她的父母應該送她去學聲樂才對。又假如她的父母能發現她有好嗓子，送她去學唱歌仔戲，今天說不定會大紅大紫起來。

我看過一部電影，說義大利那不勒斯的居民，個個會唱歌劇，街頭小販開口叫賣，都像唱歌一樣。我覺得：這個做「舊臉盆換新臉盆」生意的女小販，她的叫賣歌聲，一點也不輸給音樂王國中的小販們。我很想和她交談幾句，多聽聽她音樂似的嗓音；可惜，環顧室中，卻沒有半個「壞面桶」！

著意尋春懶便回

自從擺脫了刻板式的辦公廳生涯，解除了每日奔波之苦以後，日日默坐窗前寫讀，自以為已經做到心如止水。但是，在連月的陰雨與苦寒中，我卻最經不起陽光的引誘。每當看到窗外耀眼的陽光，還有那澄碧的長空，我就會有坐立不安之感，一顆心往往離開軀殼飛到山巔水涯。

今天，是連續晴朗的第三天，從窗外吹進來的和風中，已隱隱聞到一點春的氣息。對！到郊外尋春去。寶島北部的太陽很可貴，說不定明天又下起雨來。良辰難再，還猶豫些什麼呢？是的，有什麼好猶豫的呢？我現在已是閒雲野鶴之身，可以高興到哪裡就到哪裡，高興做什麼就做什麼。而且，踽踽獨行慣了，尋春又不需要找同伴；那麼，就走吧！

隨便搭上一部開往外雙溪的公車，人很擠，交通也不暢順，走了一個鐘頭，還停留在中山北路上。在無聊中，一路上我的眼光一直都是游弋在路旁的行道樹上，此刻，忽然發覺有些楓樹居然長著紅葉，不覺心中納悶：春天都來了，怎會還有霜葉呢？這時，不禁有點後悔：冬天裡竟失去了來這兒觀賞紅葉的機會。

車到圓山，上車的人更多。我受不了那份擁擠，就下車去，臨時改變主意，不如在這一帶觀賞楓葉吧！寬闊的、整潔的紅磚道上行人不多，我沐浴在金色的春陽和駘蕩的春風裡，開始悠閒地在楓樹隊伍中散步。走近細看，原來楓樹上的紅葉並不是秋冬的霜葉而是新生的嫩葉。我覺得：這些小小的、光滑的紅色嫩葉，似乎比經霜的紅褐色老葉還美。

我在每一棵楓樹下徘徊，仰著頭欣賞那些嬌柔的、細小的嫩葉。楓樹上的葉子有嫣紅的、淺紅的、鵝黃的、嫩綠的、碧綠的，色彩繽紛，璀璨不遜春花。在陽光的照射下，每一片葉子都是透明的，像是寶石雕琢而成。我從樹下仰望，以湖水色的天空做背景，這些細細的五彩楓葉就交織成為一幅瑰麗奪目的圖案畫。

從圓環走到中山北路二段，將近半個小時之中，我完全無視於幾公尺以外的車如流水，但是卻不放過欣賞每一棵楓樹。我發覺：這些楓樹，有些還殘留著乾枯的老葉；有些只有幾片新生的紅色嫩葉；有些則已脫盡嬰兒的粉紅，滿樹翠綠了。我想：大概樹也跟人一樣，有些生長得慢，有些生長得快吧？就這樣走著走著，陽光和長著紅色嫩葉的楓樹使得我心頭充滿喜悅。何必到外雙溪去？春天不是就在這裡嗎？「著意尋春懶便回」，假使我告訴別人，說我在這條商業氣息濃厚、車水馬龍的中山北路二段尋到了春天，恐怕沒有人相信吧？

獨擁一室的清靜

假如我說，我在生活中最喜愛的一件事便是獨擁一室的清靜，你相信嗎？

當然，我喜歡與家人樂敘天倫；喜歡與良友把晤言歡；喜歡遊山玩水；喜歡看好的電影；也喜歡去參觀畫展或者聽音樂會。不過，假使我不做這些事的時候，我便喜歡獨擁一室的清靜。

自從孩子們都長大了以後，本來熱熱鬧鬧的一個家，忽然變得異樣的冷清與寂靜。起初，我感到十分的不習慣；然而，等到我漸漸的習慣了，就反而覺得這份冷清與寂靜也是一種享受。

每天，我把自己的生活安排得十分緊湊。做完了例行的家事以後，這時，家裡只剩下我一個人，我便坐在自己的書桌前，不是寫就是讀。我臨池練字，以求修心養性；我讀莊子，希望心境更加寧靜。到了黃昏，寫倦讀罷之際，我還會在一部小小的電風琴上按動琴鍵，彈奏幾首自己心愛的歌曲。當我忘情於琴音中時，真是俗慮全消。其陶冶性情之功，與練字及讀書完全一樣。

有時，我什麼也不做；只是獨自坐在沙發上沉思。這時，也許有飛機在屋頂隆隆飛過；也許門前的車陣如雷；也許，鄰居的熱門音樂正響得驚天動地；但是我都可以充耳不聞。因為我自己的屋裡是寂靜無聲的，也沒有別人騷擾我；所以，我仍是獨擁一室的清靜。因為我的形體得以處在清靜的室內，所以我的心靈得以無拘無束的遨遊於四海八荒。

自從我愛上了這種苦行僧似的、閉關式的生活以後，非有要事，我不輕易出門去。從前，我偶然也喜歡逛逛百貨公司，希望撿些便宜貨。如今，我絕不無故去逛百貨公司。有事經過那行人摩肩接踵的西門鬧區，便覺非常痛苦，每次都急步匆匆離去，避之唯恐不及。從前，我也喜歡欣賞商店櫥窗裡的貨品，如今，我要是不需要買，便看也不看一眼，任何美麗的商品，都無法誘惑我這個心如止水的人了。

能夠有一整天的時間給自己分配，能夠在每個白天獨擁一室的清靜，這也是一種福氣，我要好好的珍惜它。

記得少年時代曾經在四川的北碚買了一方石硯。店主叫我在硯蓋上題字，以便刻上去作紀念。初生之犢不畏虎，我居然不顧自己字跡的拙劣，就振筆寫了諸葛武侯的兩句名言「淡泊以明志，寧靜而致遠」在上面。當時，我哪裡了解這兩句的真意，只是喜歡而已。經過了這麼多年，如今的我，倒是真能做到了淡泊與寧靜——天天獨擁一室的清靜，而甘之如飴。

金魚

我性愛花草，孩子們卻喜歡小動物；但由於我們住的是日式樓房，既無法得享園藝之樂，又不能飼養小貓小狗，也只好望著別人的庭園和圖畫中的各種小動物興嘆。

過去，我曾經以盆栽和瓶花來饜足我自己愛花的慾望；可惜，一則因為灌溉不得法，二則因為植物養在室內吸收不到陽光雨露，兩盆我不懂得名字的盆栽，就這樣白白的枯死了。

買花，有一個時期也成為我上菜場的主要目的。那是春天的時候，菜場中每一個花販的籃子裡都插著姹紫嫣紅、芳香醉人的花朵；花幾十塊錢，就可買回一束康乃馨、雛菊，或者是晚香玉，小小的客室，也因此而充滿春天的氣息，於是，我買花上了癮，桌上的花瓶也永不空。隨著天氣漸熱，花販的籃中日漸貧乏，花束插上花瓶，也總是半天就枯萎。這樣一來，我買花的熱情也跟著淡失，田園夢發作之時，我就只好望著窗外路旁的綠樹出神。

至於孩子們愛小動物的天性，我又怎樣去應付呢？常常帶他們去逛動物園，讓他們在獸檻外面看個飽是辦法之一，另外一個辦法是帶他們上養有貓狗的親友家去，讓他們有機會和別人的貓狗盡情玩耍。此外，我買玩具貓狗給他們，為他們縫製布的小熊、小馬等，也算聊勝於無。

當然，孩子們並沒有因此而滿足，他們還是不時的向我要求：「媽媽，買一隻小狗給我們養吧！」

「好嘛！等咱們搬了家就買。」而我也總是這樣敷衍著他們。其實，我又何嘗不想養一隻圓滾滾像個皮球似的小狗，或一隻溫柔可愛、善解人意的小貓咪呢？我很知道，家裡有一棵欣欣向榮的植物或是任何一種小動物，都會增加不少生之樂趣的。

前幾天，我帶孩子們上街，看見街上有賣金魚的，這也是孩子們所喜愛的動物之一，他們要求我買，我毫不猶豫的就給他們買了四條。

回到家裡，我找出一個玻璃果盤，聊充金魚缸。缸底隨意地擺些貝殼和小石子，注上清水，放上幾根水草，四尾小魚兒，算是有了牠們的新家。

金魚缸佈置完畢，我去睡午覺，四個孩子立刻就圍著桌子，聚精會神的在研究他們的小客人。我小憩了一會，又起來做了很多別的事，算算時間，一個鐘頭半有多，他們儘管說個不停，但都沒有離開過桌邊半步，在一個多月的暑假當中，除了在做功課或看書的時間以外，他們真以這一刻為最安靜了。我聽見他們已把金魚指定了每人一條，最大那條是老大的，最小，那是老四的。然後他們又議論紛紛地說哪一條最活潑，哪一條最貪吃，哪一條最美麗，哪一條最有趣等。老四還加上一句說這是海底奇觀哩！我心裡暗笑，孩子到底是孩子，四條小魚兒有什麼好看，居然看了一個多鐘頭還不厭倦？

白天裡我一直在忙，也就沒有機會去體驗一下孩子們的觀魚之樂。到了晚上，我坐在桌邊喝茶，眼光無意中落在玻璃缸上，想不到，我也被缸中充奇生趣的情景吸引住了。我想，假如我能像孩子們那樣空閒，我也能看上個把鐘頭而不厭倦的。

一缸澄澈透明的清水，幾根碧綠的水草，數片彩色的貝殼，加上四尾穿梭來往的金紅色小魚，這些條件，已夠構成一幅美麗的圖畫；如果你有未泯的童心，有一份閒情逸致，那麼，魚兒在水中優遊自得之樂，真足以使旁觀的你流連忘去。

看著看著，我有點懷疑，魚兒這樣老是游來游去，唼喋不停，難道牠們不會疲倦的嗎？我最喜歡看牠們那忽開忽闔的小嘴，和那翻動著像短裙般的尾巴；牠們有時浮出水面，聚向缸邊，似乎向人討食，但一會兒又潛到水底，躲在水草的陰影底下納涼。魚兒多麼快樂！牠們的生命力多麼活躍！比較起來，我們人類真是太可憐了！這時，我不禁聯想起了惠子問莊子：「子非魚，安知魚之樂？」這句話而暗自失笑起來。不過，我這笑意馬上就消失了，因為我又想到，身為萬物之靈的人類而羨慕魚，實在不自我始，這人類的悲哀，在數千年前就已有了。

有了這缸魚，頓使家中充滿了生之樂趣，也發揮了孩子們對動物的愛心。對於這四尾小魚，孩子們愛護唯恐不周，四個人天天搶著換水、餵食，到處找水草，這項有意義的工作，充實了他們的暑假。可愛的小魚既是孩子們的好伴侶，又是一幅活動的圖畫，給家中以美麗的點綴；而幾根翠綠的水草，也可算是我那沒有花草的客室中唯一的植物，對於沒有辦法種花和飼養小動物的家庭，養金魚可說是最好的消遣了。

生之喜悅

你可曾看見過嫩芽從泥土中鑽出、新雛剛剛破殼、嬰兒呱呱墜地？假如你曾經看見過這神奇的一剎那，你將會驚歎造物者的偉大，同時也會深深感到生命的喜悅。

我在兩三個月以前，無意地丟了幾顆乾枯了的絲瓜籽在小花盆中，過後，就把這件事給忘了。想不到，不久以後，一陣春雨，小花盆中竟抽出三株細細的嫩芽，伸展著兩片淺綠色的小葉，怯生生地挺立在小花盆中那棵小龍眼的旁邊。它生長的速度簡直是驚人，幾乎每天長半吋，葉子也漸漸由卵狀變成了掌狀，有點像葡萄葉似的，非常好看。慢慢地，它長出柔嫩的卷鬚來，並且把龍眼的細枝纏住。我看見自己手種的植物長得這般茁壯，那份開心，真是難以形容。我天天慇勤的澆水，加意呵護，又為它們造了一個鐵絲架子，讓它們攀附著，伸展它們柔弱的嫩枝。現在，這幾株細細的瓜籐已長到一尺多長，翠綠的葉子成串成串地，由小而大，密密的綴在架上，而且還長出了幾粒像綠豆一樣大的花苞。想到不久以後我這個小小的瓜棚也許會開花結實，心頭就有著一份難以形容的喜悅。

我們家養了兩對十姐妹，其中一對患了不育症，另外一對卻生了五個只有孩子的小指頭大的小蛋。自從下了蛋以後，原來沽活潑潑的母鳥變得呆滯了，牠整天伏在蛋上，除了進食，絕不離巢半步。我們眼巴巴地等候著，每天起床後的第一件事便是去看鳥巢、探喜訊。差不多等了一個月，我發現鳥籠中有兩個破了的蛋殼，鳥巢中有兩粒小小的肉團，啊！是雛鳥降生了，造物者何其神妙，只不過一點一滴的蛋白蛋黃，為什麼也會變成血肉之軀？我蹲在鳥籠前面，細細地研究那我從未看過的初生之鳥：牠們光溜溜地，全身沒有一根毛，只有一個大頭和兩個黑黑的眼眶，連眼睛都沒有睜開，就張大著黃色的嘴巴等候母鳥的餵食了。想到我們家裡添了兩條小生命，想到這兩個醜陋的小東西不久就會長出美麗的羽毛，變成纖巧伶俐、會叫會唱的鳥兒，心中又有無限的安慰與欣忭。

當我的大孩子出生時，護士把他放在我的身邊。我目不轉睛地注視著那個臉孔紅撲撲的、鼻尖有著小白點的、包在襁褓中的小嬰兒，一方面為自己居然做了母親而感到喜悅與迷惘，一方面又怕這脆弱的小生命會突然死去，因為我聽人說過嬰兒是很不容易養活的。當時的我是如此驚慌，驚慌得不敢把視線離開嬰兒一秒鐘，怕他隨時會斷氣，因此，到如今雖然已快二十年了，孩子剛出生時安詳的睡容、鼻頭的小白點，還有那個襁褓的花色，依舊歷歷在目，恍如昨日。想到那從我的軀體中孕育出來的，我一手扶養長大的孩子已經是一個讀了兩年大學的青年，這份喜悅，恐怕只有為人父母的才懂得領略了。

也許人人都有著創造的慾望吧？要不，為什麼自己手植的花木、自己豢養的小動物，以及自己親生的兒女，似乎都特別可愛呢？是的，因為是你賦給他們以生命，而且在他們誕生的一剎那，你看到了生命的神奇與喜悅。

晚餐桌上

在我們這個重利（薪水也）輕別離的家庭裡，一家六口上班的上班，上學的上學，從早到晚都是各散東西，到了吃晚飯的時候才能有一次真正的大團圓。因為晚餐一過，孩子們就開始忙他們的功課；我開始忙各項一日未竟的家務；丈夫也要敲敲打打的不是修理這樣就是修理那樣（他是個「自己動手做」的實行者，修理東西就等於是他的消遣）；一家人又要再等廿四小時才能團聚了。不知在什麼時候開始，晚餐桌上成為我們舉行家庭會議的場所。星期日到什麼地方旅行；看哪齣電影；誰的生口到了，應送他什麼，買生日蛋糕或是吃壽麵……這一類孩子們最關心、最開心也最輕鬆的問題，往往就是一邊吃晚飯一邊討論著而解決了的。

又不知從什麼時候開始，我們在晚餐桌上不僅常常開家庭會議，還經常在「研究學問」，久而成習，現在，我們的晚餐桌上「學術氣氛」已經相當濃厚了。

起初，是孩子們喜歡利用這段和父母相聚的時問執經問難；漸漸地，孩子們的「學問」變得高深了，我們也變得力不從心、窮於應付。譬如說地理吧！我過去一向自詡精通地理的，但是，我忘記了自己比孩子們早生二十幾年，一句「獅子山國在哪裡？」「濁水溪流經哪些地方？」，就被問得目瞪口呆。又譬如英文吧！我讀英文的時候他們還沒有生出來哩！怕什麼？可是，他們一考我「片語」，我就潰不成軍，舉起雙手投降。

為了要維持做父母的尊嚴，我振振有辭地說：「在吃飯時討論功課有礙消化，不合衛生。不如我們來猜謎吧！這樣可以輕鬆一點。」天曉得！討論功課要花腦筋，猜謎還不是一樣？無非因為我是個猜謎能手罷了！

於是，我把我自己記得的一些老古董謎語都一股腦兒出了籠，這一著，弄得丈夫和孩子們都全無招架之力，因為他們對此道簡直是一竅不通。但是他們也不甘示弱，紛紛反擊，拚命地出一些根本就不通的謎，想來難倒我；當那些不通的謎語一說出口時，就會激起「公憤」而引起一陣鬨笑，一頓晚餐往往在笑聲中結束。

除了猜謎外，我們還喜歡在晚餐桌上對對子。我們有一個上聯「馬上上馬」。至今沒有人對得出，不知聰明的讀者有興趣把下聯續上否？假使你願意在晚餐桌上來對這個對子，包你吃得比平日更香！

黃昏的天空

你可曾看過這麼瑰麗多采的天空？你可曾有過這樣的「奇遇」？在一個初冬的黃昏，我在紅塵十丈、喧囂擁擠的市塵中向東而行。先是掛在正前方水藍色天空上襯托著朵朵淺粉色卷雲、像一片水晶般的弓形半月吸引了我的視線；接著我發現我的右側天空，已出現了一顆燦然閃耀的金色星子（是太白金星嗎？），而在我後面的西天，卻是一大片橘紅色的彤雲，佈滿在淡青和淺紫的天幕上。

霎時間，這幅星星和月亮同時在殘霞滿天時出現的絢麗奇景驚懾了我，一種幸福的感受也緊緊的包圍著我，使我忘卻了四周的車陣與行人。臺北的初冬，天氣已涼而未寒，又值大晴天，從清晨到黃昏，天空都是澄澈無比，亮麗到了極點，可說是難得遇到的好天氣，而我們有幸已享受幾天了。只是，如此璀璨嫵媚的黃昏，卻似乎是第一次欣賞（注意？）到。

我每天下班都特意提前下車，步行二十分鐘同家，把它當成我的室外運動。雖然這條路一點也不好走，先得穿越一個沒有紅綠燈、兩邊大小車輛衝鋒而來，驚險萬狀的十字路口，然後得走過一條長長的窄窄的，也是車輛穿梭不絕，路旁又有房屋在施工的馬路；不但走得提心吊膽、步步為營，而且也飽受塵埃侵襲。但是，我還是非走這段路不可；作為一個整天伏案的上班族，不多找機會活動身體，那可是會影響到健康的。

這個黃昏，可又不同了。抬頭有瑰麗多采的天象可看，車陣和塵囂又怎會減低我的清興、污染我的素心呢？為了貪看背後天空的彩霞，為了不想顧此失彼，我乾脆停下腳步，佇立在行人較少的路旁，仰首盡情欣賞這幅大自然的傑作巨畫。人家是「獨立市橋人不識，一星如月看多時」，我則是「獨立路旁人不識，一星一月看多時」，也算是一種情癡吧？

弓形半月越來越晶瑩剔透，金色星子始終燦然；但是，在短短十數分鐘之內，這幅大自然的巨畫便有了變化。天幕本來是一半水藍色，一半是淡青和淡紫的；現在，幾乎整個天空都變成了紫色，那些彤雲的顏色也漸漸變深，成為紅褐色了。

黃昏已逝，暮色已漸漸圍攏過來。等我走完二十分鐘的路程，回到我家的巷子裡，天色已完全暗下來。艷麗的晚霞不知何時消失無踪，只剩下那顆孤獨的星星和皎潔的半月遙遙相對，像是綴在紫灰色天鵝絨上的兩件金色和鑽石的飾物。

請不要笑我吟風弄月，這樣珍奇絢麗的大自然傑作，要是沒有人去欣賞，豈不辜負了上蒼的一番美意？何況，我們這些長年以心為形役、快要迷失自我的凡夫俗子，正需要風花雪月來美化心靈。

晚上，電視上的氣象報告說：一道冷鋒接近本省，明天又要變成陰雨天了。可不是？「夕陽無限好」、「一年好景君須記」、「有花堪折直須折，莫待無花空折枝」，良辰美景都是短暫的，我怎能不珍惜這個黃昏的「奇遇」？

輯三　灘江小唱

灘江，這美麗的河流，在她澄碧透明的江水上，曾經有過我多少歡笑和淚痕啊！

（頁一二〇）

在濃霧中……曉之女神用她的白紗巾把大地蓋住了。這白紗巾好輕盈好柔軟啊，……它變成了輕煙，變成了飛絮，飄飄忽忽地像無數幽靈在水面上跳舞。

（頁一二二）

天空上的星星像一群頑皮的孩子在向我眨眼；南國晚秋的夜風涼涼的，吹在臉上很舒服。

（頁一二三）

灕江小唱

灕江，這美麗的河流，在她澄碧透明的江水上，曾經有過我多少歡笑和淚痕啊！

爸爸的來信

每天看船夫們唱著山歌搖著櫓，越過險灘，渡過激流，到了第二十天，我們終於到達了「欸乃一聲山水綠」的桂林城外。木船一靠岸，來接船的曾叔叔便交給我們一封信說：「你們走得好慢啊！你看，人沒到信倒先到了。」

啊！是爸爸的來信。還沒有交給媽媽，我和妹妹就搶先拆閱了。「……今天早晨，我乘一隻小舟到昨夜你們停船的地方去，想多見妳們一面，親自看著妳們啟程；然而，舟已去人已空，江面上哪裡再有妳們的蹤跡？只好悵然而返……」

讀到這裡，我和妹妹都哭了。媽媽嚇了一跳，連忙把信拿過去看，看完了，她笑罵我們：「傻丫頭！這有什麼好哭的？」說著，她自己也眼圈一紅。

為著一家人的生活，爸爸經年在外奔走，難得跟我們團聚在一起；這一次卻是為了戰爭的關係，爸爸先把我們母女送到桂林去。烽火連天，離合無常，我們又怎能不哭呢？

夜泊

沒有落月，沒有啼烏，沒有滿天的飛霜，沒有江楓，也沒有寺廟的鐘聲；但是，那黑黝黝的夜晚，一江的漁火，卻彷彿是唐人句中的景色。我在客船中躺著，靜聽江流有聲，船身微微晃動著，使人有睡在搖籃中的感覺。這詩一般而淒寂的情景，要是在今日處之，想到國家多難，身在流離中，一定會悲痛不能自已。可是那時我太年輕了，年輕得還不懂愁滋味，所以我不能把張繼的詩句改為「一江漁火對愁眠」。因為只有漁火、客船而沒有愁眠啊！

江上的霧

一個清晨，我在船上推開篷窗外望。呀！窗外白茫茫一片，山不見了，甚至河水也不見了，我們被包圍在濃霧中，不，是曉之女神用她的白紗巾把大地蓋住了。這白紗巾好輕盈好柔軟啊！曉之女神把它掀起來了，現在，它變成了輕煙，變成了飛絮，飄飄忽忽地像無數幽靈在水面上跳舞。東方，在白茫茫中透出了一道迷濛的光，漸漸的，我看見霧中有半輪紅日冉冉上昇。幽靈們跳得更急了，我知道，它們是屬於黑夜的，見不得光明。紅日出來了大半輪，現在一輪完全出來了，輕煙和飛絮通通不見了，幽靈們也消失得無影無踪。紅日變成白日，河面上又像每天一樣，依然是綠水青山的世界。

睡在星光

經過了幾年的離亂，我長大了，我又從灕江回去，只是，我的身邊多了一個他。

我不記得在江上的哪一站了，總之是一個小得沒有客店的村莊。我們所乘的船小而人多，到了晚上，睡覺成了問題。有人提議到岸上去睡，立刻，船上所有的年輕人都離開了那條狹小的木船。

小小的露天碼頭很乾淨，大家在那上面把舖蓋打開，有很多人立刻就呼呼地睡著了。我和他在靠河的一個角落裡各自擁被而臥。河水在下面沖擊著碼頭的木樁，發出悅耳的聲音；天空上的星星像一群頑皮的孩子在向我眨眼；南國晚秋的夜風涼涼的，吹在臉上很舒服。我從來不曾這樣接近過大自然，在群星的守護下，竟很快的就睡著了。

在瀧江的岸邊，我總算做過了一次真正的露宿者。

田園夢

當年，我曾經叫我的四個兒子言志。正在唸初二、對代數幾何頗有興趣的老大說將來要當科學家；十幾歲的老三說要當空軍和畫家；老四也要當空軍，但他業餘卻要做個音樂家。三個都說了，只有老二沒有開口。我怪而問之，他靦腆地笑著，帶著點忸怩的神情說，他長大了只要當自由民。此語一出，全家都哈哈大笑。我忍住笑又問，什麼是自由民呢？老二說，只要像爸爸那樣天天上班，過著自由的日子就很滿足了。

這種安貧樂道、知足常樂的思想，在成人的腦海中一點也不稀奇；但是，一個十一歲多的孩子而有此想，就不算尋常了。老二的確是四個孩子中最聽話最乖巧的一個，他穩重厚道，很有自制力，做功課完全不要我督促；為了明夏的升學，他現在已自動放棄每週一次的看電影機會，星期日我要他去玩他都不肯去哩！這樣一個孩子，照理是頗有抱負、頗有理想才對，誰知他小小年紀就已深種了老莊的無為思想在腦子裡，豈非怪事？我心裡有點為這孩子的不平凡而喜悅，但表面上卻不能不說他這樣太沒出息沒志氣了，為什麼不想當偉人而要做個平凡的小人物呢？

我小時候也是個沒有志氣的孩子。真的，孩子們誰不夢想自己將來會成為一個偉大的人物呢？男孩子想做英雄、將軍、探險家、科學家和大總統，女孩子想做舞蹈家、歌唱家、詩人，或者一夜成名的紅伶；可是我，就從來沒有這樣想過，我從來不為自己的前途而操心。雖然我從小就是個埋頭書本中的書呆子，視讀書為人生唯一樂趣，然而，我絕對不曾夢想過自己將來要當一個學者或者文學家。

話雖如此，我卻也不是完全沒有夢想的。我也有我的夢想，從十三四歲開始，一直到現在為止，這個夢想沒有變過；我相信，它一天不實現，也將會終身追隨著我，這就是我的田園夢。

從我懂事的年齡起，我對山水花木就非常愛好，因此，我對繪畫也特別有興趣，在小學時，每次的郊外寫生，我的成績都列在甲等，這就是因為我對大自然景物戀慕之故。讀了陶淵明「結廬在人境，而無車馬喧」這首詩以後，我的田園夢就此油然而生，我渴望我也能像五柳先生那樣，過著「採菊東籬下，悠然見南山」的隱士生涯。

說來我小時候這種思想真比我老二的想做自由民來得更不平凡（可是我如今卻是個平凡得無可再平凡的人，想是應了「小時了了，大未必佳」之語），一個十二三歲的孩子居然就夢想歸隱田園，這還得了？事實上我確是如此，從那時起，我就因渴想返璞歸真，同到大自然，而充滿了憤世嫉俗的思想，這個思想隨著年齡漸長而加強，然後又被歲月和閱歷將它輾碎和融解了。

到如今，憤世嫉俗之心沒有了，不過，愛慕大自然的田園思想卻還是無時或已。我唯一的希望就是能夠在傍山靠水的地方，建屋一椽，半耕半讀，過著與世無爭的日子。當然，我這個落伍思想一定會受到他人指責，可是，為了貫徹自己的夢想，我也不惜找出種種理由來替自己辯護。歸隱田園不一定就是遁世，我還可以用我的一枝筆來為社會服務呀！

儘管我是個愛花草、喜田園的人，然而，不幸得很，我這半生卻與田園特別無緣。從小到大，我一直住在軟紅十丈的大都市中，而住的又全都是樓房，從來不曾有過屬於我的半吋泥土，想自己種種花都不行。過去在大陸時，住的西式樓房，有陽臺和曬臺，還可以買幾盆花來過過癮；來臺十年，一直都住在日式樓房上，連擱花盆的地方都沒有，就只好把自己的田園夢縮小到瓶花上面了。在我的臥室窗下，正對著別人家一個院子，院子裡栽滿四時花木，嫣紅姹紫，繁茂非常，沒事之時，我就推窗欣賞一番。居高臨下的看花，比身在花叢中尤覺賞心悅目；於是我不免想到，這不是「前人種樹後人遮蔭」，而是「樓下人種花，樓上人享受」了。

由於嚮往田園，在美術中我偏愛風景畫；在音樂中我喜歡有田園氣息、描寫大自然景物的樂曲；在我渴想田園而無法親近時，這些藝術品往往能夠給我以代替的安慰。

　　這是個亂世，本不應該再在這裡談論個人的夢想，但是，唯其因為是亂世，所以每一個人也就更加渴求自己的夢想能夠實現。我永遠不會放棄我的夢想，即使它永遠成空；起碼，在它未曾實現以前，大自然的美景也會滿足我的心靈。張開雙臂去擁抱大自然吧！大自然就在你我的周遭；玫瑰色的朝暾，黃金般的夕照；晶瑩的露滴，還有五彩的霓虹；牆頭有欣欣向榮的小草，路邊有含笑迎人的野花；春來園林似錦，秋天的落葉又何嘗不斑斕美麗？這世界原是如此可愛，就等著懂得喜愛大自然的人去發現。還擔憂什麼呢？也許我的田園夢永遠不會實現，但我還有大自然可以去接近呵！

兒不嫌母醜

這是一個沒有風格的城市。在她的舊社區裡有日式的木屋和老式的港樓。新興社區裡有歐式建築、美式高樓和高架路。市區的馬路上，不論日夜都飛馳著川流不息的車輛；到處看得到英文招牌和歐、美、日各種商品的商標。像這樣的城市，除了路標和商店招牌上的中國字，以及絕大多數行人都是黃臉孔、黑頭髮外（新加坡和香港不也一樣嗎？）已很難找出任何可以代表中國的東西。要是隨便找一個角度拍一幅馬路的景色，你可以把她當作是亞洲的任何一個城市，有些地方甚至有點像歐洲。而紐約、洛杉磯或倫敦的中國城，似乎都比她更中國。

這就是臺北市，我在這裡生活了三十七、八年的都市。雖然我是從南中國沿海一個大都市移植過來的，但是我早已在這裡落地生根，而且根深柢固。我早已把她當作我的第二故鄉，也把她當作我的母親。

她在歷盡風霜之後，早已從一個荊釵布裙的純樸村姑蛻變成一個濃妝豔抹、珠光寶氣、打扮入時、不中不西的半老徐娘。她那眾多的不肖子女到處抽煙和亂扔垃圾而污染了空氣和環境；堵塞的交通像是已經硬化的血管；千瘡百孔、坑坑洞洞的馬路像是滿身的皮膚病；無數的違章建築和防不勝防的犯罪案件，又像是體外體內的癌細胞。我可憐的娘如今已渾身是病了。

儘管如此，兒不嫌母醜，我還是十分喜愛她。她給我享受了三十多年的承平歲月；她使我的孩子在這裡長大成人；她使我從思想幼稚而趨於成熟、穩健；也使我從一個沒沒無聞的爬格子者到今天的出版了三十幾本書。這一切，全是她的賜予，我怎能不感激她？

儘管她的馬路千瘡百孔，公車擠如沙丁魚，交通堵塞嚴重，但是她的公共汽車仍是世界上班次最多的；而計程車數量之多，招手即來的現象，在世界上的大都市中也是罕見的。儘管這裡的小偷、竊賊、扒手都相當猖獗；可是我們的婦女仍然可以堆金積玉、珠圍翠繞的招搖過市，不像香港、紐約、羅馬等地，一出門就得提心吊膽，步步為營。這裡是購物者的天堂，穿的、用的，固然價廉物美；吃的更是世界各地的口味無不具備。而且，絕大多數商店的營業時間都長達十二小時，買東西方便之至，哪像歐美等地的商店，晚上和假日都關門？

也許，我在她的懷抱中生長，而渡過了快樂的童年的革命策源地廣州才是我的親娘；庇護了我三十多年的臺北，只能算是我的養母。但是，從母女接近的時間算來，養母的恩德比起親娘豈非深遠得多？何況，我的親娘早已被關在鐵幕中多年，我想親近她亦已無由？

的確，我的養母渾身是病，容顏也不再姣好；然而，我一想到她曾經給我的種種好處，就會有一種習慣性的倚賴感。也泛起了深厚的依戀之情。我愛她，我一點也不嫌她醜，誰叫她是我的娘呢？

候診室中

生平最痛恨的一件事就是等候。等公車、火車或公路車不準時開車；約會的人不守時；音樂會或晚會之類不準時開始等等，都令人火冒三丈。在有限的人生中把寶貴的光陰虛擲在等候上面，那真是一種最折磨人的痛苦經驗。

而在種種令人煩厭而無奈的等候當中，在醫院中等候看病，更是其中最不堪而難耐的一種。在醫院的候診室裡，坐在一大群陌生人中間，彼此大眼瞪小眼，真是說有多尷尬就有多尷尬！不論大病小病，身體不適需要就醫的人，心緒總是多少有點不寧的吧？彼此無言地相看著，又哪能不厭？

忘記了隨身帶一份讀物，時間在乾耗中慢得如蝸牛，幾乎每五分鐘就看一下錶，而錶面的長短針竟都彷彿靜止不動。罰坐，什麼都不能做，原來也是另一種形式的囚禁啊！

在這種無形的短期囚禁中，唯一受不到限制的是心靈，那就海闊天空去遨遊吧！翻翻皮包，一枝原子筆是常備的，小本子卻沒有（為了保持皮包的輕，我儘量不帶不常用的東西）。

還好找到一小片白紙，就在上面記下一些思維的片段。這倒是很好打發時間的方法；然而，這與眾不同的舉動，也會引起那些曾經跟你大眼瞪小眼的人的注意與窺伺，只好訕訕地又把紙筆收了起來。

又看看錶，才過了十幾分鐘，還要再等半個鐘頭醫師才來哩！我不明白此間的醫院為什麼都規定上午的門診從十點開始而不是九點。一般醫師又往往不守時，喜歡慢個十分十五分才姍姍來遲，而在候診室中苦候兩三個小時的病人，進去一兩分鐘就算看完病。有些馬虎的醫師一看到病人，只問一聲哪裡不舒服就開始處方，根本就沒有診視，難道他是神仙嗎？我相信，在這種不合理的醫療制度下，不知道有多少病人被誤診和吃錯藥。

好不容易，醫院的大鐘終於仁慈地指到十點，而候診室中的病人也越來越多。有一些穿著白袍的醫師走進來了，有幾科的護士也開始在叫號了，我們這一科的醫師卻遲遲不出現。

又苦熬了十幾分鐘，這位少年郎才在眾多熱烈期待的眼光中傲然地走進室中。我掛的是十五號，就算他兩分鐘看一個病人，我大概也還要等半個小時吧？果然，半個小時後輪到我，這時已將近十一時了。

拿藥，又是一番苦等，拿到了藥，十一點廿五分。我在這家醫院已足足待了兩小時半，而且我還是用電話預約的。我幾乎花了半天的時間，只換來兩分鐘和醫師面對，而他一共只跟我說了二句話：「哪裡不舒服？」「不要緊的，我開點藥給妳吃。」他如此輕描淡寫，而我還得千謝萬謝。

等車、等人、排隊、候診……人生似乎就消耗在無窮盡的等候中，想來真不是味道。等候，足以考驗一個人的耐力，我是個急性子，對等候也就最為不耐。等公車，得碰運氣。等人，得看對方守不守時，自己似乎都無法控制。唯一在醫院候診這一方面，卻是事在人為，院方可以想辦法改善的。一個人生病已經夠不幸的了，還要他苦候半天才看得到醫師，這不是一種折磨嗎？

不問蒼生問鬼神

也許那是由於物質生活富足而精神生活空虛，所引起的一種心理上的缺乏安全感吧？我發現近年來社會上的迷信風氣越來越甚，不但老年人迷信，青少年人也迷信；教育程度低的人固然迷信，而上流社會的人也照樣迷信；整個社會都沉溺在「不問蒼生問鬼神」那種虛無縹渺的自我幻夢中，幾乎回到我童年時的農業社會心態去。時光並沒有倒流，人心卻似乎是在開倒車了。

剛到臺灣的時候，本省同胞的熱衷於拜神禮佛、大吃拜拜、進香、朝聖、迎神等行為，曾被有識之士目為迷信。然而，曾幾何時，外省同胞也開始變得迷信而不自覺。他們深信相命、看相、摸骨者之言；買房子講究風水和方位；開工、搬家、結婚、遠行、開張等要挑黃道吉日；彷彿一切都可以交付給冥冥中的命運之神去安排，個人根本不需要再努力。

最令我驚訝的是：原來拍電影開鏡前必須拜神，片名的筆劃要吉利；一些演藝人員老是把藝名改來改去，以求筆劃大吉；而新聞媒體還要經常把這些迷信而可笑的行為競相報導，這不是等於導人迷信嗎？須知演藝人員是一般青少年心目中的偶像，他們的一舉一動、一言一行都是青少年模仿的對象，這也就是為什麼如今孩子們都在算他們名字的筆劃是吉是凶了。

名字筆劃的主吉主凶是怎樣流傳下來的，我沒有考據過；但是，它的沒有科學根據是顯而易見的。假使一個人的名字筆劃，真的可以決定他一生命運的話；那麼，這個社會上為什麼還是苦命的人比好命的人多？

記得我在上學時讀到國父孫中山先生小時破除迷信，搗毀廟中神像的故事，我就非常欽佩國父的勇氣和創見。大概在五、六年級的時候，有一年過舊曆年，母親循例吩咐我們小孩子不可說不吉利的話，又吩咐女僕在初一那天不可以曬晾衣服和掃地。我看見滿地的瓜子殼，氣憤不遍，就效法國父，決心破除迷信，拿起掃帚動手去掃，結果雖然捱了一頓罵，可是並沒有害父母因此破財。我不知那樣做有沒有使母親省悟到自己的迷信。

上高中以後，有一陣子學生之間，流行互寄一種英文的幸運連鎖信（聽說現在又在此間死灰復燃），我也收到過不止一次。這種信好像是從歐洲傳來，內容很荒謬。收信人必須在若干日內複寫（印）十份，分寄自己的朋友。這樣就會得到幸運。假使不照做，破壞了這個連鎖，那麼，噩運就會臨頭，信中還舉出幾件實例。

這樣的一封信不是等於威脅人或者咒詛人嗎？實在太可惡了。我這個痛恨迷信的人偏不信邪，每次都置之不理，硬是破壞了那所謂的連鎖，到現在已經幾十年了，也還沒有遇到噩運，可見那是不足採信的。

正因為我討厭一切迷信，所以生平只看過兩次相，而且都是在年輕不懂事的時代被拖去看的。一次是新婚不久，跟一位朋友的太太一起，去給一名據說很靈的相士看相。那位朋友太太長得如花似玉，比電影明星還美，於是相士就鼓其如簧之舌，把她的命說得有多好就多好。而我因為長了一張平凡的臉蛋，他也就把我的命說得平平無奇。幾年之後，那位美麗的少婦因婚姻不如意，竟得病抑鬱而終，正好應了「紅顏薄命」這句話；而我，卻感激父母賜給我以平凡的面目，得以平凡地活到今天。

另外一次是母親找了一個相士到家裡給大家看相算命。我的二妹是我們姊妹中長得最漂亮的一個，相士也對她大拍其馬，說她將來榮華富貴享盡、子孝孫賢；我們這些長相平庸的，則通通沒有得到什麼好評。可惜，兩三年之後，二妹結婚後隨夫入蜀，不幸被關在鐵幕中，三十餘年來受盡折磨不用說，去年還因癌症逝世，術士之言，又怎可輕信？

我一向堅信真理，從來不相信任何奇蹟。對於道聽塗說、繪影繪聲的神蹟或鬼話，總是左耳進，右耳出，更絕對不會義務代為傳播。現在是二十世紀八十年代的後期了，我不明白為什麼年輕的高級知識份子，居然還有種種迷信的行為，他們的書本豈不是白唸了？

我們都知道自己才是命運的主宰，而努力耕耘，也必然會有收穫。那麼，我們為什麼把自己的幸福與將來，寄託在渺不可知的風水、籤語、姓氏筆劃、相士之言以及求神拜佛上呢？

「問鬼神」，正顯示出一個人的嚴重缺乏自信。近年來，本省到處廟宇林立，香火鼎盛；神棍們還在用香灰給人治病、替夜哭的嬰兒「收驚」。一般人迷信神佛和無知到了這個程度，有心人又怎能置身事外，視若無睹呢？

你有沒有想過

這些年來，似乎年年都是「好年冬」，因為，我所見到、聽到有關我的親戚、朋友、鄰居之間的，都是令人豔羨的、充滿幸福的好事。

譬如說：王太太的少爺在美國得了博士學位；李先生買了華廈；張小姐買了自用汽車；林老闆又多開了一家分店；黃老太太的女兒嫁了一位富商；陳老師今年暑假又要出國觀光了，目的地是南非；吳先生夫婦前幾年移民到美國，在洛杉磯開了一家餐館，如今已發了大財。聽來聽去，都是好事，而且這些好事一點也不稀罕，每一件都可以代表目前臺灣社會的生活型式。聽起來，彷彿臺灣社會全無疾苦；可惜，這些好事，大都跟財富發生關連，不免令人感到遺憾。

的確，近十年來的臺灣居民，在物質享受上的豐足，可說不輸（甚至勝過）任何一個已開發的國家；而且，不用出國門一步，就可以享受到世界各國的飲食、衣飾、日用品、家具、車輛，還可以欣賞到世界各國的藝術表演，真可說得上是人間樂土。

可不是？在臺北市街頭，你可以看到供應法國、義大利、瑞士、德國菜的餐館，也可以吃得到美國的麥當勞漢堡和肯塔基炸雞、日本料理、韓國石頭火鍋、印尼菜、越南菜。至於各種進口的餅乾、糖果、飲料之類，早已在我們的超級市場中佔了很重要的地位。

世界名牌的男女服裝、運動服、鞋子、皮包、首飾、衣料、手錶……價錢越高越有人買。薪水階級的衣櫥裡都塞滿了四季衣物，卻又永遠覺得還少一件。舊衣服已送不出去，因為很少人穿不起新衣。

幾年前，大家都認為買得起一層公寓就很不錯；現在，在臺北市東區買了大廈的豪華公寓，又想在近郊風景秀麗的地方買一棟西班牙的別墅，否則怎夠氣派？

出有車，也是任何薪水階級的能力之內。有一部小小的裕隆汽車算得了什麼？不是聽說在西方都只有大富翁才坐得起的勞斯萊斯已經進口了八部，而且早已訂購一空麼？

家家戶戶都擁有彩色電視機，而且大家的起居作息都被電視節目所左右，這已成為整個社會的現象。這一兩年來，錄影機的普遍，更使得家庭成為電影院，可說想看什麼就有什麼。而外國的音樂家、舞蹈團、劇團紛紛來臺表演，又使得人人眼界大開。同時，出國旅遊風氣之盛，也證明了大家荷包的豐滿。

年輕父母們望子成龍的心理，也因為經濟條件的足夠而趨於積極。他們紛紛把學齡前的幼兒送去學琴、學芭蕾舞、學畫、學韻律操、學珠算，甚至學英語。到了學齡，又千方百計送到明星學校去，儘管學費比私立大學還要貴，但是家長們絕對不會心疼。至於孩子們物質上的需求，更是源源供給，有求必應。每一個家庭，哪一家不是天天在過年，天天在過生日？

像這種天堂似的歲月，大家過慣了，似乎都習以為常，認為理所當然。你有沒有想到，是誰賦給我們以這樣安定富足的環境？是誰替我們擋住海峽那邊虎視眈眈的敵人？我們現在是經濟大國了，你又可曾想到，你有沒有為我們，目前的社會繁榮，盡過一分力量？

你有沒有想到，我們自己過得這樣幸福，該怎樣去推己及人，讓生活在落伍環境中的大陸同胞，也能夠享受到我們的福份？

你有沒有想到，我們的物質生活誠然是十分富足了，可是，我們的精神生活、生活品質、道德冰準，是不是遙遙跟不上，差了一大截？

假使你不願被人譏笑我們是「暴發戶」，是「文化沙漠」；那麼，你有沒有想到，該怎樣去提升我們的精神生活、生活品質以及道德水準，使我們的社會能夠臻於富而好禮，人人都知榮辱的境界呢？我們原是泱泱大國，泱泱大國的國民，原來是應該有著「進退中度，揖讓中矩」的大國之風，為什麼這個社會上，總是好像缺少一份祥和之氣呢？

人人需要道德勇氣

一個冷雨綿綿、春寒砭骨的黃昏，我因為主編的雜誌發稿，而延遲到六時半才下班。站在風雨中等計程車，只見一輛輛都載著客人疾馳而去，我鵠立街頭，饑寒交迫，自覺相當悽慘。好不容易攔到一輛空車，一坐進去就聞到香菸味，心知不妙，但是又不能退出，一退出就不知等到什麼時候，才能夠找到另外一部空車了，只好硬著頭皮坐下。更糟的是，這個司機顯然是個老菸槍，一路上，他一面開車，一面一根菸接一根菸地抽。因為下雨無法開窗，在幾乎密閉的車廂內，菸味把我薰得心裡發毛，恨不得奪門逃出去。我三番四次想開口：「司機先生，請不要抽菸好嗎？」可是話到唇邊，又咽了回去。從後視鏡中，我看到那名司機長得有點橫眉豎目，更是不敢招惹。萬一他老羞成怒，把我趕下車，豈不是自取其辱？還是忍一忍算了。就這樣，一忍就忍到底。下雨的黃昏，交通特別擁擠，到處堵車；平日十幾分鐘的車程，這一趟卻跑了四十五分鐘。我痛苦地一路上忍受著二手菸的污染，為了「明哲保身」這句古訓，居然不敢抗議，噤若寒蟬。這種懦弱的鄉愿作風，連自己都覺得窩囊，感到氣憤。

在公車上，在電影院中，要是鄰座有人抽菸，我頂多換一個位置，遠離煙薰就算，絕對沒有勇氣提出抗議。屋後鄰居廚房的一個抽油煙機正對我家後陽臺，經常對準我曬晾的衣物大噴油煙，我始終默默承受著。商店店員不開發票給我；民營公車司機收了錢不給車票；看到有人隨地吐痰或者亂扔垃圾；在排隊時有人插隊；在公車上有人不讓座給老弱；在擁擠的公共場所看到有扒手行竊……我總是抱著「息事寧人」、「少管閒事」這種鄉愿心理而容忍過去。不錯，我天生是個害羞而內向的人，很怕在大庭廣眾面前說話，要我公開指謫別人，當然是一件很為難的事；可是這樣懦弱、這樣畏縮，實在太令我對自己感到失望了。要作為一個有立場、有原則、有尊嚴的現代人，我需要的是道德勇氣。

有一次在公車上，有一位體型壯碩的北方大漢，聲色俱厲地責備坐在他後面的一名中年男子，說他在咳嗽時為什麼不掩住嘴巴，這是沒有禮貌的行為。這時，全車的人都認為那位壯漢的態度惡劣、不近人情，而對那名中年男子表示同情。其實，那位壯漢一點也沒有錯，中年男子本來就不應該向著別人咳嗽，把病菌傳播給別人；壯漢為了保護自己，說他幾句又有什麼不對？只不過，在態度上應該客氣一點罷了。

我真是痛恨自己的懦弱無能、畏首畏尾，而羨慕那些能夠在適當的時機挺身而起、仗義執言、敢作敢為的人。而我，有時路見不平，儘管義憤填膺，卻是敢怒而不敢言，就算侵犯到自己的權益，也是能忍則忍。少年時代，我一直很服膺「忍片時風平浪靜，退一步海闊天空」這兩句名言，如今卻覺得這兩句話有時也值得商榷。忍讓固然是一種美德，然而，過分容忍卻會變成姑息，姑息則更會養奸。制止別人做壞事也許只是小善；可是，人人不去做小善，便會有很多人「以小惡而為之」，社會秩序豈不是會大亂？

我們今天的社會風氣已夠敗壞，公德心已夠蕩然，實在不容許鄉愿的意識或行為，再去姑息那些社會敗類。我衷心的祈求上蒼賜給我足夠的道德勇氣，讓我的俠氣豪情能夠適時發揮，使鼠輩無法遁形。我也祈求每一位具有道德勇氣的人都站出來，登高一呼，讓光明的正義感，消滅了社會上所有的黑暗面。

現代人的矛盾

巷口那條馬路最近拓寬了，經過了一年多的施工，忍受了種種的不便，工程終於完成。眼看這條嶄新的康莊大道日夜飛馳著大小車輛，自己也享受了一份行的便利，亦自有幾分喜悅。

昨天，又在馬路兩旁發現剛剛豎立起來的公車站牌，更是為之雀躍，想到不久之後一走出巷口就有公車可搭，可節省不少的交通時間，不禁為自己住家環境的有了進步而沾沾自喜。

然而，我馬上就反問自己：公車站靠近住家真的是值得欣喜嗎？相對的，噪音是否會增加？灰塵是否會更多？空氣污染是否會加重？發生車禍的機會是否也變多呢？這些問題當然都是肯定的。於是，我的喜悅立刻為之蕩然無存，對那些新豎立的公車站牌，不再表示歡迎了。

可不是？現代人在心理上互相矛盾的事情多著哩！

譬如說：我們都希望電視節目精采一點，最好一天二十四小時隨時打開電視機都有好節目可看。但是，果真如此的話，不但久坐會影響健康，而且把過多的時間消耗在電視機前不是會躭誤正事嗎？倒不如讓它節目爛一些，免得懷著不看白不看的心理，浪費時間。

又譬如我們的留美狂潮已洶湧了十幾二十年之久，很多父母其實並不想讓子女遠離自己，只是為了面子問題，不得不咬著牙、狠著心，把子女一個個往外送。他們內心的痛苦又有誰知道？

錢，是人人都愛的。可是，作為一個現代人，錢太多也有煩惱。存在銀行裡，利息太低；買不動產，管理固然麻煩，脫手也不易；買黃金，怕保險箱不保險；買股票，怕跌價；放在家裡，更怕賊偷。唉！真是的！

美味，當然也是人人所愛。然而，為什麼又有那麼多的東西不能吃？太鹹的、太甜的、太油膩的、膽固醇高的、普林高的、被污染的、含農藥的、含防腐劑的、含硼砂的，又都不堪入口怕會有損健康。剩下還有多少食物是安全的，現代人心裡明白。

比起古人或者上一代人在物質環境上的種種不方便，現代人當然是比較幸福的。但是，享受文明，就得付出代價，像核子發電，固然好處多多，然而一出紕漏，就會危害到無數人的生命和健康，得失之間，又如何去衡量？

由於科技的長足進步，現在幾乎大半個地球都遭遇到空氣、環境和海洋的污染；也許我們一時還不會嘗到惡果，貽害後代子孫卻是不容諱言的。

家電、汽車、各種使用方便的塑膠製品，洲與洲之間朝發夕至的噴射機……都是古人想都不曾想過的現代人享受；可惜，現代人的懶惰、自私、貪得無厭、濫墾、濫伐，把地球弄得沒有一寸淨土，而目全非，以至產生了各種癌疾、ＡＩＤＳ等等後遺症，這代價又是何等重大！

我是一個現代人，我也有許多現代人的矛盾。我多希望：既能夠享受到充分的物質文明，能夠享有清潔的環境，還有農業社會時代寧靜悠閒的歲月。噢！我能嗎？

廢物利用

我家客廳一面大窗的窗臺上，擺著四個小得像杯子一樣的小花盆。這四個小花盆裡面種的不是鮮豔的花朵或者美麗的觀賞植物，而是兩棵小小的龍眼樹和幾株瓜苗。這幾株小小植物，使得酷愛大自然的我可以在室中嗅到一點園林氣息，也使得我這個因為女主人無暇插花的客廳憑添一抹青葱之色。來訪的客人無不稱讚我這幾盆小小盆栽夠藝術、夠別緻，聽到讚美而沾沾自喜的卻不只我一個人，因為，這是我兒子的傑作。他的個性和我相似，喜歡美術和園藝，在暑假的時候，從廢物櫥中找出這幾個小花盆，就想到要種花。他到人家院子裡要來一些泥土，每逢家裡買到瓜菓，就把瓜菓的核埋到盆裡去。經過了幾天的慇懃澆水，那些種子竟然長出嫩芽來。當我們第一次看見那些翠綠色的小小葉子怯生生地從泥土中鑽出來時，簡直是高興得像中了獎一樣。也許是孩子們放下去的種子太多了，木瓜、龍眼、蘋果、檸檬、橘子、柚子、南瓜、絲瓜、苦瓜的核都亂丟下去，以至那些柔弱的嫩芽長出來沒多久便慢慢的又都枯死。然而，這些小生物的生命力是很強的，今天一株枯萎了，明天又有一株新的長出來，此起彼落，熱鬧非常，盆裡永遠有著新綠。到現在為止，長得最高的一株龍眼已有半英尺高。

我有一個綠色的楓葉形別針，當我把它別在一件淡綠色的衣服上時，朋友們都嘖嘖讚美，問我這個別針是在哪裡買的。我告訴她們，這原來是一隻耳環，她們又都稱讚我會利用了。這副耳環是親戚從海外帶回來送我的，因為它太巨型，我不敢戴，一直擱在抽屜裡，終於，讓我想出這用途。

家裡容不下一件多餘的廢物，是我的毛病（也許是好習慣）之一。每一件廢物，我必須儘量的去利用：長大衣改成短大衣；旗袍改成窄裙；舊棉被做褥子；舊毛巾當抹布……裝過東西的牛皮紙袋、塑膠袋，我必定保存起來集中在一個地方，這些東西，看似無用，需用起來就是寶貝了。

每一個家庭都會有許多廢物的，當你感到它們「食之無味，棄之可惜」而又礙地方時，為什麼不想辦法加以利用利用呢？假使你真的用不著，拿來送人也總比放在角落裡讓它發霉的好。

果瓜的核種出盆栽，耳環改成胸針，並沒有什麼了不起，我只是盡量利用每一件廢物。

我又回到那棟陰涼的住宅中

那天，當我正在午睡的時候，也許是家人替我把窗簾拉上的吧？我閉著的眼皮突然感到一陣陰涼的舒適，就在那一剎那間，似真又似幻，我彷彿回到我童年的家中——廣州河南嶺大校園中一座陰涼的住宅裡。

我無意偷用莫里哀《蝴蝶夢》中的第一句：「昨夜我又作夢回到蒙特里……」然而，我當時的感覺確實如此。三十多年了，平日我根本很少想到這間住宅，為什麼那天我忽然又「身」歷其境呢？是時光倒流？像《珍妮的畫像》中那個畫家一樣的回到過去？還是我的靈魂偶然作一次出竅之遊？

我的童年生活是多姿多彩的，我去過很多地方，換過很多住所；然而最令我懷念的還是嶺大的那幢一樓一邸的小洋房。那天，我在夢幻中，只是推開紗門，走進綠蔭搖曳的清涼的甬道中，還沒有登堂入室就醒了，多可惜啊！

那時，父親在嶺大教書，我就在附屬的幼稚園就讀。幼稚園離家不過幾分鐘的路，我就天天騎著三輪腳踏車去上學，同學們都很羨慕我的神氣。可不是嗎？到現在為止，我也還沒有聽見過有人用三輪腳踏車做上學的交通工具哩！

我們住的那幢房子，我還記得清清楚楚，進門是一條短短的甬道，甬道右側有一個電話間，一個客人洗手間，然後是樓梯。進去便是客廳，地上鋪著厚厚的地毯，擺設的都是一些又笨又重的深褐色檜木傢具，還有一個永遠不必生火的壁爐，完全是歐洲的老式佈置，典雅而古樸，正適合學人住宅的氣氛。我們孩子們在這個客廳可樂了，我們把巨大的椅子倒下來當作小屋，當女僕阿月捲起地毯擱在樓梯上要洗地板時，我們就騎在地毯上從樓上滑下來，把它當作滑梯。

客廳隔壁是起居室，這裡有一張用鐵鍊懸著的木吊椅，它也成了我們孩子的室內鞦韆。當我們坐在吊椅上盪來盪去時，從那扇落地大窗可以望到屋後的一大片稻田，風景雖然單調，空氣倒是極清新的。

連接起居室的是飯廳，當中擺著一張橢圓形（也許是長方，不大記得了）的餐桌，也是深褐色的檜木做成，桌面很厚，仍是給人以古老的感覺。從這間飯廳我又聯想到兩個人，他們是母親的表弟，那時還在讀大學，在我們家搭伙，卻不大理人。他們不跟我們一起吃，什麼菜也不要，每人每頓都是只吃兩個荷包蛋，據說這樣才夠營養。多可笑！怪不得他們兩個都那麼瘦弱蒼白，完全一副白面書生的樣子。

樓上是臥室。我們小孩子對臥室是不大感到興趣的，我唯一記得的一件事是，每天早晨，我們憑窗下望，總看見一個穿著白綢襯衫和馬褲的少女在大道上馳馬，她的頭髮和紗巾都在曉風中飄揚著，好不瀟灑！她是父親的學生，看見我們，就向我們揮揮手，用英語說一聲「早安」。天曉得！假使不是父親給我們翻譯，我們是連這兩個字都聽不懂的。

屋子的前面是個小花園。門前一棵含笑花，終日散播著甜香；園角的幾樹木瓜，是我們饗客的佳品；廚房外面的幾株夜香花，女僕時常採擷下來用以炒菜，至今我仍然記得那盤菜餚特有的芬芳。

我小時相當野，在那樣廣闊的校園中，真是得其所哉。下了課，我就和小朋友到處玩，常使得母親找不到。我們在樹林中捉迷藏，在草地上打滾；更常常在那些正在施工中的房屋附近的磚堆、木堆中，造我們自己的小屋子……

啊！我的記憶力不好，除了這些，其餘的事對我都已是模糊一片。在我眼前晃動著的，除了農學院實驗農場中成排成列、嫣紅姹紫的豌豆花外，只不過是大鐘樓、懷士堂、繅絲廠……等一些零碎的夢影罷了！還有什麼呢？啊！還有那漆著紅灰兩色的碼頭，嘟嘟嘟一下子便可以開到長堤的小汽船，以及黃蕩蕩的珠江，如此而已。

不要再說下去了，我的鄉愁愈來愈濃重，濃得化不開啦！我不只懷念我的童年生活，懷念那幢精緻的洋房，更懷念那座南中國的高級學府。我相信，我們南方人之愛護嶺大，正如北平人愛護他們的「清華園」一樣啊！

何日才可以乘坐那艘嘟嘟嘟的小汽船，沿著黃蕩蕩的珠江，重去探訪紅灰校園？但願，有一天，那不是夢，也不是時光倒流或靈魂出竅；而是實實在在地，我又回到那棟陰涼的住宅中。

四十顆紅寶石

真想不到，在高中時以為自已活不過三十歲，又說過要抱獨身主義的我，彷彿才不過彈指之間，竟然從為人妻、母而成為一個擁有四個兒子、五個孫兒女的祖母，到今年國慶日，就要慶祝我們的紅寶石婚了。四十年，在想像中是何其遙遠；可是，當你已經渡過了四十年便覺得那只不過是一瞬間的事。

在高中的時候，有一個同學會看手相，她看過我的手掌後就說我會短命，恐怕活不到三十歲。當時雖則有點惶恐；但是在一個十六七歲孩子的心目中，三十歲是極其遙遠的，過了沒多久，短命的陰影便從心頭消失。倒是我們那位豔如桃李、冷若冰霜的老小姐校長，使我由崇拜而心儀，忍不住在母親面前誇下海口：我將來也不要結婚！要做校長！

當然，那只不過是童言無忌罷了！幾年以後，還不是跟一般少女一樣也開始交男朋友，談戀愛？然後，在兵荒馬亂的貴陽，我遇到了因為投稿而結識曾有幾面之緣的仲，我們一同間關北上，到抗日的聖城——陪都重慶去。他繼續辦他的雜誌《宇宙風》、我也考進了一個文化機構做一名起碼的職員。那時，我因逃難而失學，又與父母家人失去聯絡，獨在異鄉為異客，雖然生活不成問題，但是卻也孤零無依、惶恐不安。長我七歲的仲，像父兄一樣處處呵護我，對我照顧得無微不至，他出身基督教家庭，我上的是教會學校，這種淵源，使得我們在興趣上有許多共同之點，我們都愛唱旋律優美的聖詩和英文藝術歌；無數的夜晚，我們一起坐在燭光下曼聲同唱，愛苗就在歌聲中暗暗滋長。而海棠溪、北碚、歌樂山、黃桷椏……這些地方，也佈滿了我們雙雙的腳印。

那年（民國三十四年）的八月十五日，我們正坐在重慶一家咖啡店裡，啜飲著用黃豆粉製成的咖啡，吃著用黃豆粉製成的蛋糕時，忽然從門外衝進幾名美軍，他們一面跳躍著、一面用英語大叫：「日本投降了！我們可以回家了！」；然後又走過來跟每一個人握手，祝賀我們抗戰勝利。這從天而降的喜訊，使得我們也高興得跳了起來，八年的浴血抗戰，多少人家破人亡，妻離子散；如今，勝利來臨，我們終於又可以過太平歲月了！興奮和喜悅使得我們再也坐不住，我們走出咖啡店，要把我們的歡樂與大眾共享。這時，勝利的消息已傳遍全市，街頭上爆竹聲開始此起彼落，每一個人不論相識與不相識都笑臉相迎，互相恭喜，就像過新年一樣。然後，九月初，重慶市有一次慶祝勝利大遊行，我站在中正路仲家的窗口，居高臨下地觀看，在萬人空巷的盛況中，有幸看到蔣委員長坐在敞篷的汽車上緩緩前進接受民眾歡呼；雖然因為距離太遠而看不清楚；但是，當時舉國歡騰的情景卻是令我刻骨銘心，經過四十年而仍然活鮮鮮地呈現在眼前。

那時，距離我和仲在貴陽邂逅才不過大半年；然而，我們都已愛得很深，有互許終身之意。只是，國家多難，個人身世也似飄萍，匈奴未滅，何以家為呢？如今，勝利來臨，正是青春作伴好還鄉的良機；於是，我們選定了國慶日作為我們的吉日，取其國家雙慶的好兆頭。十月一日，我們先舉行了簡單的婚禮，我在重慶是孤家寡人一個，婚宴只有他的母親、弟弟妹妹和幾位至親好友參加。我們沒有洞房花燭，宴會散後，他就送我回宿舍去。然後，國慶日那天，我們登上南行的公路車，這才開始蜜月旅行。

我們經貴陽、柳州、桂林、梧州而回到我的老家廣州，憑著八年前的記憶，找到了我的姨母，這才知道我的父母和弟弟妹妹們因避戰禍而住在附近的鄉下沙灣。那時的鄉村根本沒有電話，無法事先通知他們，我和仲就急急忙忙地搭上一艘輪船趕去。我現在還記得，沙灣是一個很整潔的鄉村，石板街上的石板都滑溜溜地光可鑑人。父親那時大材小用地在沙灣中學教書，走在街上，我們向小孩子打聽周老師住在哪裡，小孩子立刻自告奮勇帶我們去。當我和仲出現在我的爸媽面前時，那種「恍同隔世」、「乍見翻疑夢」的感覺，真不是流淚和擁抱這些動作所能表達的。弟弟、妹妹們都聞聲跑出來，他們都在分別後的一年內長大了很多。爸媽對他們那從未謀面的女婿很感滿意，也沒有責怪我沒有徵求雙親同意就擅自結婚。畢竟，我已成年，何況，在兩三個月以前還是亂世？

在寧靜、淳樸的沙灣住了幾天，享受了說不盡的天倫之樂；然後，我們便得向廣州開拓前程。很順利地，我們在廣州的文化地區文德路租了一層樓房，作為《宇宙風》的社址和我們的第一個家。在華路藍縷中，《宇宙風》終於復刊。那層樓房相當大，家裡經常有客人來往，往到家裡來的朋友也不少；仗著年少的豪情，我們也儼然以孟嘗君自況。一年多以後，長子元降世，在沒有經驗的手忙腳亂中，我經常一手抱著嬰兒，一手替《宇宙風》校對，不但不以為苦，還怡然自樂。

可是，到了三十七年夏，次子中也出生以後，由於金圓券開始貶值，我們的年少豪情、孟嘗君生涯，以及種種歡樂都隨風而逝了。雜誌已幾乎無法維持，我只好丟下兩個幼兒給僕婦照顧，自己外出工作。然後，不過半年光景，便因為共匪倡亂，我們不得不拋棄經營了才不過三年半的家，渡海來臺。

在臺北，仲進入一家民營報紙工作，我則因為三子、四子相繼來臨，而暫時委屈自己，待在家裡當一名純主婦。後來又因為那家報館長期欠薪，我又不得不再度出外工作。從那個時候開始到現在，我做了三十三年職業婦女，不但內外兼顧，而且還在公務和家務的夾縫中，走上了寫作之途；可見，困厄的環境有時也是使人奮發向上的因素。

我們一家六口在那家報社破舊日式公共宿舍的危樓上渡過了十五個寒暑。最初幾年，還經歷過臺北有史以來的大地震和大颱風，真是有說不出的驚心動魄。還好，吉人天相，每次都有驚無險，安然渡過。

住那棟危樓上，我們那四個都是相距一歲半的男孩漸漸長成。到我們搬離那裡時，他們已從頑皮的小蘿蔔頭變成懂事的少年。大兒已上大學，么兒也上了初三。在他們兄弟上了中學到大學畢業前的十幾年間，是我最快樂的時候，也是我們母子關係最良好的時候。我們一起欣賞收音機播出來的古典音樂，我日夜用音樂來「裝飾」我們簡陋的家，使我感覺到那棟危樓也有皇宮般的瑰麗。在正統音樂的薰陶下，除了三兒因為後來住校而漸漸傾向熱門音樂外，其他三個孩子全都變成古典音樂迷，大兒後來更在得到美國的比較文學碩士學位後轉行學作曲，都是那個時候種下的因。

除了音樂，我們母子間還有許多共同的興趣。他們一個個都是蛀書蟲，在他們父親的眼中，這也是我的影響。另一點受我們（不單是我）影響的是：他們也全是影迷。他們幼小時，我們帶他們去看卡通片和一些適合兒童看的片子；等到他們上中學以後，文藝片、音樂片使成為我們共同的喜愛，每次看完　部片子回家，那眉飛色舞的討論，常會持續好幾天。

仲在孩子面前，總是扮演慈父角色；相反地，我是唱黑臉的，管教、責罰孩子，是我的責任。說也奇怪，孩子對他們那好好先生式的父親居然表現得相當敬畏，對我卻是沒大沒小，似乎不當我是長輩。他們會揶揄我，跟我開玩笑，還要給我惡補。在小學和中學時，他們強迫我複習、記憶歷史上的年代以及省會、國都的名稱；上了大學，又迫著我跟他們學西班牙文、法文和德文。還好，我的求知慾一直是很旺盛的，我也不會認為跟孩子學習是丟臉的事，讓他們做我的小老師，反而使得我們母子的關係更融洽。他們對我沒大沒小，無話不談，正是把我當朋友看待的表現。也正因為我們母子關係太密切了，做爸爸的不免被冷落，我記得他曾經有點酸溜溜地問：「為什麼孩子們什麼事都告訴你，不告訴我？」我忘記當時是怎樣回答他的，現在回想起來，也許是因為他比較不懂孩子們的心理吧？

孩子長大成人，是父母的喜悅和安慰，但是也是父母的悲哀。我和兒子間的黃金時代，也隨著他們的長大而結束。孩子生得密，有一個好處，就是可以一起長大；可是也有一個壞處，他們也一起離開你。

我跟孩子們的黃金時代，到老么大學畢業後便告結束。那時，大兒已結婚、出國，二兒也已出國，三兒則在服役中；本來，還有么兒在家，可以承歡膝下，等到連么兒都走了，我和仲一時間真是極不習慣，原來熱熱鬧鬧的家庭，突然間只剩兩人寂寞相守，竟然有點手足無措起來。我更是怨嘆自己太早結婚，太早生孩子，以至才不過中年，別人還都有幼女在身邊撒嬌，我們家中的雛鳥卻都已翅膀長硬飛走了。

還好，我們兩人都有工作，每天早出晚歸，倒也沒有多少閒暇去胡思亂想。三、四兩兒退役回家後，馬上就成為社會青年，家裡雖然有四口人，但已無復當年的熱鬧氣氛。孩子長大，自有他們的天地，這是很自然的現象，妄想他們永遠膩在父母身邊，那是自討苦吃，我才不會那麼深。到現在，我已深深體會到：父母子女的親密關係大約只能維持二十到二十幾年，唯有夫妻的關係才是一輩子的事。

大兒成家後兩年，二兒也返臺成婚後再赴美繼續攻讀博士學位。又兩年，三兒也結婚了，而且主動要和我們同住。一年後，我們的第三代——孫女心湄出世；於是，我們又成為六口之家，這個小嬰兒的來臨，使得我們又恢復生氣，家人之間的關係又變得密切起來，因為這個小東西已成為全家的愛寵，她是我們全家生活的中心。

我們初為人祖，更是把小人兒視同瑰寶，多年沒有抱過小嬰兒，現在我覺得我愛她更甚於兒子們幼時了。

不久之後么兒也出國去，去年回臺成親，婚後又再度雙雙出國。現在，我們原來六口之家已變成三代十五人。其中，九個人在太平洋彼岸：大兒夫婦和兩個孩子、二兒夫婦和一個孩子，還有么兒夫婦；六個人在臺北：我們夫婦、三兒夫婦，孫女心湄和她的弟弟心淳。一家人分別住在四個不同的城市和兩個不同的國度，想闔家來個大團圓，可說相當困難；就是在美國的三家，想聚在一起也不容易吧！我這個做母親的，一顆心要分到多少個地方呀？遇到有月亮的晚上，就忍不住想起了「共看明月應垂淚，一夜鄉心五處同」這兩句詩。要是他們全都在國內，那該多好！為什麼要被留學狂潮沖到彼岸去？恁多家庭的子弟都滯留海外不歸，這也是時代悲劇之一吧？

把四十年往事從頭細數，自是感慨萬千。既驚覺光陰如逝水，也悲嘆人生的短促。不過，我得衷心感謝上蒼的是，除了三十八年倉皇逃離故家那次屬於全民的大變故外，四十年來，我並沒有遭遇到其他任何挫折、災禍，生活安定，家人健康，就憑這兩點，我已覺得上蒼對我相當厚愛了。

四十年的歲月，使我擁有一個溫馨的家，自身也由少女而人妻，人母，人祖；三十多年前開始學習寫作，到如今總算出版三十三本書；三十六年前剛到臺灣時，對閩南語一竅不通，不久之後就能琅琅上口，而且幾可亂真。這一切，在素無大志的我看來，就算是四十年來最大的收穫了。

西洋人稱結婚四十週年紀念為「紅寶石婚」，回顧我這平平穩穩、無風無雨的四十年，倒像是四十顆紅寶石，每一顆都是值得我去珍惜和寶愛的。

輯四　歐遊零縑

歐洲，存在你我腦中一幅美麗而浪漫的景緻。

十七天的歐遊中，每一個接觸都是一種美麗的邂逅，一份新鮮的感受……

翻過這一頁，歐洲風情，將逐一地在你眼前開展……

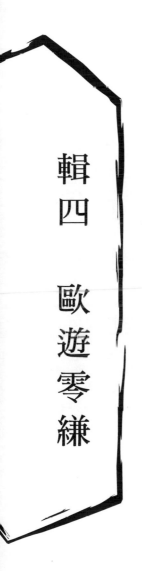

將人比己

杜拜機場

從臺北搭乘華航到荷蘭的阿姆斯特丹，中途要在阿拉伯半島東北端的杜拜機場停留兩小時加油。杜拜這個地名我以前從沒聽過，接到旅行社的行程表以後才第一次看到。回家查百科全書，知道這是阿拉伯大公國的一個城市，DUBAI這個字，在英文字典上還查不到哩！

赴歐的那天，在經過了長達九小時的飛行後，我們第一次降落在中東這塊陌生的土地上。走出飛機，一陣乾燥的熱風吹來，使得我忙不迭地脫下身上的毛衣。剛才機長宣佈地面的溫度是攝氏三十四度，真是夠熱的。

在黑夜中，機場的四周卻是燈海一片，似乎是城開不夜的樣子。走進機場大廈，完全是現代化的設備，洗手間更是近乎豪華，比臺北市的許多觀光飯店都考究。光憑這一點，就可以證明石油王國的富有。

只是，走到候機室，我不禁就傻了眼。長椅上，橫七豎八的都躺滿了人，而且都是身穿長袍的阿拉伯人，一個個都在呼呼大睡。多像難民營啊！再現代化、再豪華的設備，都因此而大打折扣了。我真不明白，他們怎會在眾目睽睽中睡得這樣心安理得的？

不知道是不是我少見多怪，其實，其他國家的機場我也到過好幾處，倒也沒有看過這麼多的人在候機室公然睡覺的。更慶幸的是，以禮義之邦自豪的我國，更是從來不曾出現過這樣的現象，真是令人安慰！

倫敦的百貨公司

在十七天的歐遊行程中，只有最後一天在倫敦時有兩小時的自由活動，於是大家都紛紛到鬧區去購物。我和兩位朋友沿著熱鬧的牛津街閒逛，想買幾件羊毛衣。但是，儘管馬路兩旁有著不少服裝店，卻都是款式太新潮，不合我意。正準備放棄時，忽然發現前面有一家門面頗為堂皇的百貨公司，抱著姑且一試的心情走進去，只見裡面規模極大，貨色齊全，滿坑滿谷，而且居然有不少傳統的服裝。我喜孜孜地在一樓挑選了一件外套和一件襯衫，到櫃臺付了帳，又到二樓去逛。

二樓是男裝部，我為丈夫選購了一件羊毛衫。到二樓櫃臺付帳時，因為身上的英鎊不夠，他們不接受美金，便叫我帶著那件毛衣到樓下去兌換。這時，我手中已提著一袋他們公司的購物袋，假使我存心不良，到樓下時把羊毛衫往袋裡一塞，不是就不必付錢了嗎？當然我沒有這樣做。

他們這樣信任顧客，不禁令我想起臺北一些商店店員緊迫盯人，亦步亦趨，像防小偷般的行為。像綢緞莊和鞋店，我一個人總是不大敢進去，怕極了她們那種過度慇懃的態度。百貨公司的一些比較冷門的專櫃，像賣化妝品的、飾品的、內衣的，只要你瞄一眼，店員都不放棄兜攬的機會，也往往把人嚇得落荒而逃。據我個人的經驗，歐美的商店絕對不會緊盯著顧客；假使你不準備買東西，只要說一聲「我想隨便看看」，人家就不會死跟著你。我們臺北商店那種緊迫盯人的防賊作風實在是逐客之道，可說愚不可及。

方便問題

在歐洲旅行，最不方便之處就是公廁太少。在城市中，似乎除了餐室、咖啡室、酒吧之屬會有廁所供人方便外，一般商店和百貨公司居然都不附設洗手間，那實在是匪夷所思。

不過，雖然如此，我們一路上上過的「一號」，包括觀光飯店、餐廳、教堂、高速公路旁的超級市場、機場、博物館等所附設的洗手間，不論收費或免費的，全都設備齊全，有衛生紙、肥皂和烘手機，而且也全都乾乾淨淨，絕無我們這裡的公廁又髒又臭、滿地淋漓，使人卻步的情形。難道在這種小事上，我們都比不上人家？一想到這一點，我就要為我們同胞的不爭氣和缺乏公德心而搖頭嘆息。

歐洲收費的公廁分小費式或硬性規定式兩種。小費式的在桌子上放一個盤子，任由使用人自由樂捐。硬性規定的有些要用硬幣開門，有些是有人看守，入廁時個別收費。以前，常聽說國人出國旅遊，利用小聰明，入廁時投一次硬幣卻讓幾個人輪流使用，以致被外國人看不起的事，心中非常憤慨。這一次，在某一處高速公路旁的公廁內，剛好是投幣式的，同行的一些歐巴桑馬上就想做這種丟臉的貪小便宜行為，因為隊伍後面站著不少外國婦女，為了維護國家形象，我顧不了得罪那些歐巴桑，曉以大義，要她們乖乖地一個個投幣進去。

天下烏鴉一般黑，在歐洲也有許多敲觀光客竹槓的商人。在德國萊茵河的遊河船上，女廁所由一位老太太看守。她用發音不清的英語告訴我們入廁費用是兩毛錢；然後，等我們要洗手時她又伸出兩隻手指再要兩毛錢，假使誰的身上沒有多餘的硬幣，就不准洗手。不過，這老婦人雖然鐵面無私，也偶有流露出人情味的時候，那次我身上只剩下一毛錢，其餘都是大額的，我把小錢包翻給她看，她也就收下我的一毛錢，點點頭讓我洗手。

想起國內許多觀光地區的公廁都窮兇極惡地收取五元，而且服務態度又不佳的情形，就覺得那個德國老婦人還蠻可愛的。

在維羅納的夜晚

維羅納是我們這次歐遊進入義境的第一站。那天上午，我們還在冬季奧運所在地——奧大利的茵斯布魯克這個美麗的山城觀光，享受歐陸早秋攝氏十幾度的涼爽；想不到，經過五小時高速公路的車程南下到了義大利北部，在夏令時間下午四時許秋陽的照射下，也熱得大家紛紛解衣。

維羅納是一個很古老的城市，已有兩千多年的歷史，因為是莎翁筆下羅密歐與茱麗葉這對大情人的出生地而馳名於世。內城的石子路不能行車，要參觀古蹟，全靠雙腿。從四時半走下遊覽車開始，我們跟著那位短小精悍、頭髮已經花白的義籍導遊走遍了維羅納的古競技場遺跡、王宮、古墓，以及羅密歐與茱麗葉的故居。他步履如飛，我們全都只有喘著氣在後面窮追的分兒。天氣有點熱，卵石鋪成的街道又不大好走，想想也夠可憐的。

當然，茱麗葉的故居是最吸引人注意的。在一條窄窄的街道上，走進一道巨石砌成的拱門，裡面有一個不大的院落，院旁是一幢二層的古老建築，牆壁上攀援著綠色的爬山虎，靠裡面的二樓上一個小小陽臺，就是當年羅密歐在晚上爬上去和茱麗葉私會的地方。這景色，在銀幕上看過了無數次，怪不得一見就似曾相識。不過，到了我這個年齡，對這種小兒女的癡情故事，已不怎麼動心了。

院中豎立著一座茱麗葉的銅像，遊客們都搶著和她合照，好不容易快輪到我時，導遊已催著大家離開。不想耽誤別人的我，也就坐失了一個機會。

老實說，這時大家都已奔波得筋疲力盡；因此，當導遊問誰願意跟他到城外的茱麗葉墓地去參觀時，就沒有幾個人舉手。結果，三十幾個人中有三十個以上的人不去。只有三四個年輕體健的人跟他去，其餘的人寧願回到停車場附近的公園去坐著等他們。

在歐洲旅行，為了入境隨俗，每天都是晚上八九點才吃晚飯。今天，因為該看的都看過了，七點剛過，大夥兒便已坐在停車場附近一條巷子裡的一家中國飯館用飯。我們所訂的旅館離城有一個鐘頭的車程，得早點趕去，所以一吃過飯大家就上車，法籍的司機也把引擎發動了，準備上路。

誰知，在開車前的例行點數人數時，竟發現少了一個人。經過一番核對後，發現少掉的那個人正是到處吐痰、到處製造麻煩的某先生。此君是一位妙人，他不會講英語，卻是隨時隨地用他的家鄉話跟老外交談，不管別人聽得懂不懂。在觀光地區遇到日本人他就樂了，一定拉住人嘰哩呱啦說一大堆，但願他沒有說出有辱國體的話。他隨地吐痰的行為也很令我們傷腦筋，後來，由領隊出面相勸，他才暫時把這個惡習收斂起來。

現在，好了，全團人都累得半死，希望快點到旅館休息，卻被他耽誤了。剛才還在一塊兒吃飯的，怎麼轉眼就不見了呢？有人說他是去買香煙。那麼，他一定是迷路了。天已經入黑，他要是找不到停車的地方，心裡一定很急，可是他又有口難言，那怎麼辦？這裡是治安不佳的義大利啊！萬一碰到一些小流氓，把他拖到暗巷中揍一頓，再搶掉他的皮夾子（出來旅行的人口袋裡都是麥克麥克的），把護照弄丟了，後果可真是不堪設想。

時間一分一秒的過去，那位仁兄始終沒有出現。大家先是七嘴八舌地議論紛紛，後來幾個年輕人自告奮勇下車分頭去找；也沒有找到。「到警察局報警去！」有人這樣建議。當然，這是最後不得不採取的途徑。團中年輕的一輩繼續以步行方式去找，其餘的人坐在車上一起開到警察局。司機雖然是識途老馬，但是到警察局的路他卻不熟，繞了半天圈子才找到。

我們坐在車上等，領隊和司機進去報警。不一會兒，兩個人笑嘻嘻地走出來，宣佈：丟掉的人找到了，現在在停車場。遊覽車再駛回原來停車的地方，那位麻煩製造者，以及那群見義勇為的年輕人都已等在那裡。麻煩製造者毫無愧怍地面對一車為他白白犧牲了一個多鐘頭光陰的人，同伴們反而都很關心地問他跑到哪裡去。

原來這位仁兄真的迷路了！他在陌生的異國城市的燈影下，像一隻闖入迷宮的白老鼠，到處亂竄，就是找不到遊覽車的位置，他越竄越心慌，急得都快要流下男兒淚了。

那麼，是誰把他救出迷宮的呢？是團中一位年輕女子。這位高䠷時髦的女郎真有兩手，她向一名警察借用機車，跨上去在馬路上兜了幾圈，就把那隻迷途的羔羊找到。人家是英雄救美，我們卻是美人救狗熊，可算得上是一段佳話吧？為了這位女郎的機智與同胞愛，我們全車人都為她鼓掌。

經過這番折騰，一個多鐘頭白白就此報銷，大家都已累得像一隻爛布袋似的癱軟在座位上動彈不得。當夜所訂的旅館是在離城一小時車程的Bresca，偏偏旅館又不好找，白白多走了許多冤枉路才找到，那時已是十點多了。

旅館門口貼著四顆星的標誌。想不到，房間卻特別小，擺了兩張單人床、一張小小的寫字桌、一個櫥櫃和一部小型電視機之外，就無轉身的餘地。那個晚上又特別的熱，歐洲的旅館多無空氣調節設備，簡直把我熱得大汗淋漓。還好房間附有浴室，否則就更不堪設想。

洗過澡上床，都已接近子夜了，窗外馬路上的車聲仍然轟隆轟隆地過，而且整夜不斷。這在歐洲是少有的現象，我們在旅途上半個月都不曾碰到過，為什麼「怪事」都在這個晚上發生呢？累、熱、房間狹小、環境太吵，這一夜，我整夜失眠，第二天卻醒得特別早。清晨走到旅館樓下頗為雅緻的庭園中去散步時，真想把它門前自己貼上去的四顆星標誌給撕了下來。

啊，翡冷翠！

啊！翡冷翠！這座曾經被唯美派詩人徐志摩品題、譯名和本身都美得像一塊晶瑩碧綠的玉石一樣、多年來一直使我魂牽夢縈的義大利名城，想不到有朝一日，我居然來到了。

當我們在微涼的清晨來到位於城郊一座小山上的米開朗基羅廣場向山下的翡冷翠全城作鳥瞰時，巍峨的大教堂（它有一個很美的名字——「花之聖瑪麗亞」）的圓頂就聳立在這座古城鱗次櫛比的紅褐色屋瓦之上。廣場中央豎立著一座大衛像，儘管這座白色石像栩栩如生，不過，這只是複製，品米開朗基羅親手雕刻的真跡是陳列在大教堂裡的。

從郊外進入翡冷翠城，沿途都是參天的巨樹，市容整潔，一看便有好感，怪不得我聽過好些到過義大利的人都說最喜歡翡冷翠。

我們這次歐遊，每到一個重要城市，旅行社都會僱用一名當地的導遊帶我們去參觀名勝古蹟，一面作詳細的講解。前天在茱麗葉出生地維羅納的時候，導遊是一位六十左右的義大利男人，他的英語有著濃重的義大利腔，聽來十分有趣，但卻很難懂。今天的導遊也是義大利人，不過卻是一位氣質不錯的中年婦女，說得一口清晰而發音比英國人還標準的英語。她個子嬌小，步履如飛（幾乎每一個導遊都如此爭取時間），害得我們每個人都氣喘吁吁地跟在後面。

不過，她的解說，也實在精采。當我們圍著她，站在矗立在「學會美術館」中的大衛像下面時，從她的口中，這才知道米開朗基羅在一五〇四年雕刻大衛像時，並沒有僱用模特兒做藍本，而是全憑想像雕刻出來的。可是，他卻把大衛面對巨人時那種無畏而勇敢的眼神活生生地在石頭上重現；全身的每一寸肌膚，也都似乎有血有肉。聽說，這具雕像是在露天下放置了三百年才移進室內的。經歷了三百年的風吹日曬還能夠保存得這麼完好，真是奇蹟。

正因為翡冷翠是米開朗基羅的出生地，所以全城到處都是古老的建築、石像、噴泉、花壇，美不勝收，就像是一間巨型的博物館。在SIGNORIA廣場上，站在一個噴泉中間的是著名的海神雕像；另外還有好幾座丈餘高的石像（其中一座是大衛的複製品），真是氣概非凡。

這座有「花城」之稱，又是文藝復興發源地的古城，不但古蹟多，而且也是以出產義大利高級商品和皮件著名。當我們走過那些以卵石砌成的古老街道時，兩旁盡是裝潢高雅的商店，櫥窗中也盡是名牌的高級時裝、名貴的飾物，以及熠熠生光、令人目眩的珠寶。雖然如此，這些代表了二十世紀八十年代義大利文明的櫥窗，跟它們門前經歷了幾百年乃至一千年以上滄桑的石子路，卻不會顯得不調和。

流過翡冷翠的阿諾河處（Arno），河水澄碧，兩岸風光迷人。我們在河畔不知走過多少遍，卻始終沒有機會到那座橋側開滿了小型紀念品商店的古老橋樑去觀光，實在是一樁憾事。不過，我們還是去逛了一條兩旁擺滿了小攤子，專做觀光客生意的街道。這裡賣的都是廉價貨，品質不高；而且攤販任意喊價，很容易上當。還好我們無非買些零星的小紀念品，即使上當，數目也不會多。

如此一個美好的城市，要是沒有那些漫天喊價的攤販，那麼在格調上一定會更高。我老是覺得：過多的觀光客正是破壞環境美麗的罪人。然而，美麗的翡冷翠，我覺得看得還不夠，可是還想再來一遍的啊！

小鎮過客

那只是我在一趟走馬看花式旅遊中，路過十幾個城鎮裡面的一個小鎮，而且只有一晚的逗留，連外貌也看不清楚；然而，不知怎的，離開以後，我對它卻一直不能忘懷，老是惦記著那近乎驚鴻一瞥的街頭藝術氣氛。

到的時候已是晚上九點多，經過了一整天的遊覽和乘車，人人都已累得人仰馬翻，巴不得倒頭便睡。跟旅行團去旅行，好處是省錢，壞處卻是數不清：像被人牽著鼻子走、同行的人素質不齊、晚上等候分配房間要花不少時間等等。此刻，我們就是拖著疲累的身軀，在這個小鎮的一家旅館的大廳上，等候領隊辦理登記手續，分配房間。

這一夜，我們本來是預定住在翡冷翠的，因為旅行社訂不到旅館，臨時決定改到近郊這個名叫Monte Cantini的小鎮投宿；為了這個原因，害得我們又多坐了一小時多的車子。

這家旅館位於大街上，外觀不怎麼樣，大廳卻是十分豪華。不但面積廣大，而且還附有兩間比較小的客廳。洛可可式的裝飾和家具、水晶吊燈、壁畫、鮮花、瓷器……金碧輝煌、氣派，非凡，幾疑置身在法國的宮廷裡，這使得僕僕風塵的我有點自慚形穢。

迴旋式的大理石寬大樓梯也像皇宮；可是，當我發現這家旅館的電梯只有兩部，而等電梯的人又太多，住在三樓的人只好自己提著隨身行李爬上去時，這座樓梯就不再豪華而變成無窮盡的折磨了。

房間的設備水準平平，跟樓下的富麗堂皇似乎不怎麼協調。不過，這也沒有什麼關係，清潔舒適就行了。重要的飲水問題，領隊早就警告過我們：義大利的自來水不能生飲，巴黎的也最好不要喝，我們一路上都是以礦泉水解渴的，偏偏今天在路上買不到。別的團友有人帶了「電湯匙」在房間裡自己燒開水；有些人向旅館要，旅館因為要供應咖啡、紅茶，有時是會有開水的。於是，我向送行李進來的中年服務生表示要開水，他聽不懂。我以手作勢，做出喝水狀，他指指浴室的水龍頭，嘩啦嘩啦地說了一大堆義大利話，當然我也是半句都聽不懂。我知道這家旅館是絕對要不到開水的了，就對同行的好友K說：

「我們出去買礦泉水吧！」

這時已是十時左右，要是在家裡，都快要上床了，而我們還得拖著疲憊不堪的身軀，在這個人地兩生的異國小鎮去買礦泉水，也是人生難得的奇遇吧？

走出旅館大門，我們先走向左邊，旅館隔壁原來是一家古董拍賣場，從落地玻璃窗望進去，燈火通明的大廳，坐滿了衣冠楚楚的紳士淑女，個個聚精會神的在聽主持人介紹拍賣品。

這不正是常在電影鏡頭中看到的畫面嗎？這些有錢有閒的上流社會男女，真的是人人都對那些名畫、名瓷之類的藝術珍品那麼有興趣？還是只為了附庸風雅、提高身分以及殺時間？我上街的目的是要買礦泉水，也沒有空去研究了。

拍賣場的隔壁是一家藥房，本來藥房也很可能有礦泉水可買的，可惜已經打烊，只好望著櫥窗興嘆。歐洲人有許多生活習慣跟我們不一樣。我們的飯館在黃昏六七點生意最興隆，門庭若市，因為這是我們的晚飯時間。歐人（尤其是南歐）晚飯都很遲，總在九時以後。我們的百貨公司一般都營業到晚上十時甚至更晚，而歐洲的商店在五、六點就關門，星期例假也休息。所以，此刻我們走在街上，雖然到處燈光如畫，行人如織；但是，絕大多數的商店都已打烊，我們的礦泉水還不知何處尋呢？

走了一段路之後眼看無望，就轉過頭來，往旅館右方走去，在轉角的地方，有一處露天咖啡座，坐滿了人。咖啡座後面是一家畫廊，對街也是家畫廊，參觀的人絡繹不絕。馬路上橫跨著一條紅底白字的布條，原來還是他們的藝術節哩！遠路迢迢來到歐洲，為的就是想親炙他們的文化氣息。然而，一路上被人牽著子走，每天像趕場似地匆匆趕路，一切看到的都只是浮面，有時甚至連浮面也看不到。好幾次，好不容易在走路時經過一些古色古香的書店以及佈置優雅的藝廊，我想進去瀏覽，都因為時間不容許我停留下來而作罷。如今，畫廊就在我眼前，而且還是他們的藝術節，我怎能再度錯過？但是，我能夠進去參觀嗎？時間已經很晚，我自己也已疲累不堪，喝水比欣賞藝術更重要，我本來就是個凡夫俗子，何況這種年紀也沒法瀟灑起來。就這樣，我用目光戀戀不捨地把這邊和對街的畫廊掃射了一遍，就專心地跟同伴找礦泉水去。

平常，路過的每一個城市的旅館都會有超級市場或食品店，礦泉水幾乎隨處可以買得到，就像我們在臺北要買汽水或果汁那樣方便；而今夜，情形為什麼不一樣？走了兩個路口，看得到的商店已全部打烊，路上的行人雖然不少，又有K作伴，但是兩個東方婦人晚上走在異國的街道上，多少也有點膽怯。正在考慮要不要往回走時，看見前面有一家附有食品店的小型酒吧，就如獲至寶似的走了進去。

我一開口，櫃臺後的老店員立刻表示他聽不懂英語，指指吧臺那邊叫我去問。還好，吧臺後的酒保是懂得英語的，他表示有礦泉水可賣，就到裡面拿出兩瓶玻璃瓶裝的礦泉水（平常在超級市場買的都是塑膠瓶裝的）；這時，我們已沒有選擇的餘地，付了錢，一人抱一瓶沉重的「活命之泉」（要是沒有這瓶水，今天晚上豈不渴死？）就回旅館去。再度經過那兩家畫廊和露天咖啡座時，我又再投以戀戀不捨的一瞥。畫廊裡依舊燈光如晝，賓客如雲；咖啡座上的人也依然寫意地捧著杯子享受他們悠閒的夜晚。

在旅館的大門口，碰到了那名要我們喝自來水的中年服務生，也許是我自己敏感吧，他看到了我們抱在懷中的礦泉水，臉上似乎露出了訕訕的表情。

第二天一大清早我們就離開小鎮，手提的旅行包中因為多了一瓶玻璃瓶裝的礦泉水而沉重了許多；不過，它是我一整天的荒漠甘泉。

小鎮跟我的關係就是如此簡單，我只不過是個住了一夜的過客；然而，將近一年了，我對它還是念念不忘。我知道，我是痛失一次在這個充滿藝術氣氛的小鎮中巡視的機會，而不是為了那瓶得來不易的礦泉水。

白朗峰下的午餐

從義大利進入法國國境，穿過了那條長達十一點六公里的隧道，到達了白朗峰下的CHAMONIX纜車站，一抬頭，就可以看到一座座山頂上積滿了白雪的高峰。

今天，陽光普照的，天空一片蔚藍，車站大門上的電動字卻打出了氣溫是攝氏十三度的字樣。冷風颼颼，往衣領和袖口裡鑽，使人直打哆嗦；但是，有些老外卻是單衣、短袖。

我們的目的是要到海拔三千八百公尺高的、山上唯一的餐廳去嘗嘗法式便餐的口味，要搭兩次纜車才可以到達。這裡的纜車跟烏來的差不多大小，不過已經很舊了。

外面天氣很冷，纜車裡由於人多，倒是暖烘烘的。我被擠在人堆中，看不到外面的景色徒呼負負。大約半個小時以後，兩次纜車的行程告終，我們走出車站，開始爬上山邊一道露天的木梯走向餐廳。

這時，我們已置身在雪山上，放眼四周，除了藍天，就是白雪。好冷！（這裡恐怕只有攝氏五六度吧？）巴不得快點進入室內，可是為什麼大家都好像爬不動了。每個人都感到頭暈、心跳，氣喘，雙腿發軟，不聽使喚。對了！這就是高山症！怪不得剛才從第一部纜車下來時，就有一位體弱的女遊客暈倒在地上。

大約三層樓高的扶梯真似有半天高，好不容易進到餐廳，找到了我們這一個旅行團所訂的座位坐下，已經是下午兩時許，每個人都有饑寒交迫的感覺，多希望有一碗熱騰騰的濃湯可喝。可惜，桌上只有一籃硬得像石頭一樣的麵包。顧不了那麼多，雖然既沒有牛油，又沒有果醬，大家都立即動手把硬麵包掰開來啃。等到麵包啃得差不多時，女侍才給每個人端來一小紙盤的生菜，裡面盛的是切絲的紅、白蘿蔔，還有一種不知名的蔬菜。一嘗，味道酸酸的、怪怪的，完全不像在國內所吃到的法國沙拉醬那麼美味。吃了兩口，忍著餓把它推開了。

這時，有人嚷不舒服，不知怎的讓餐廳的領班知道了，他送來一小杯透明無色的汁液，叫我們用方糖蘸來吃，說是可以治高山症。大家紛紛搶著試，有人一吃下去就說「真靈」，因為她已經不頭暈了。我也吃了一顆蘸了那種汁液的方糖，原來是薄荷汁，很清涼，像是吃薄荷糖，味道比那盤生菜好多了。不過，吃後我並沒有什麼感覺，因為我的高山症本來就已經消失。

女侍把主菜送來，用的還是紙盤子。上面盛著幾片薄薄的鹹肉、幾片有點像罐頭裝的那種LUNCHEON MEAT，還有一團看似未經煮過的絞肉，全是冷冰冰的。鹹肉還可以，LUNCHEON MEAT和那團絞肉味道之怪，則使人無法下咽。領隊這時才走過來告訴我們，我們的吃法全都錯了，這些肉片是給我們夾麵包吃的，我們不應該先把麵包吃光。

「有沒有湯或者咖啡什麼的可點？」有人問。

「沒有，要喝就喝葡萄酒。」

「我們不喝酒怎麼辦？」

「那麼，來一瓶礦泉水吧！」

真妙！在涼秋九月裡，我們這一行來自西太平洋一個海島上的人，在阿爾卑斯山的雪峰上，是以礦泉水配硬麵包和幾片鹹肉打發了一頓午餐的。最後有一道甜點，大概是黑棗派，派殼硬硬的，黑棗的味道也是怪怪的，還是沒有辦法下咽。

餐後，年輕力強的同伴到外面踏雪去，我們這些怕冷的人只好「到了雪山空手回」，到室外的橋上匆匆拍照留念，就趕搭纜車下山去。

這次，我搶了一個靠窗的位置站著。纜車徐徐下降，四周的雪峰也離我們漸遠。下望谷底的溪流、山丘和房屋，迷你得恍如玩具，也美麗得像是圖畫。

回到雪峰下的纜車車站，車站外面是一個小型的公園，在陽光的擁抱下，公園裡的花壇、綠樹、草坪以及窗口裝飾著鮮花的木屋、都閃耀著金色的光芒。空氣冷冽而清新，到處潔淨得一塵不染。一時之間，真以為自己是身在仙境或是世外桃源；世俗的紛擾、臺北的噪音和髒亂，早已拋到九霄雲外。

然而，不論這裡是仙境或世外桃源，它還是法國阿爾卑斯山白朗峰下的一個小鎮，是不屬於我們的。何況，我們行程緊湊，馬上就要離開法境，前往瑞士的名城日內瓦。別了，美麗的雪山，短暫的勾留，你已給了我一個永難忘懷的回憶，但願我們有緣再會！

夜遊塞納河

來到巴黎的第一天，我們就坐在遊覽車上，沿著塞納河作了一次巡禮。起初，我對這條夢寐中的名河多多少少感到有點失望。沒有河上的白帆，看不到岸畔綠蔭下的麗人，這條不過跟我們的新店溪差不多寬的河流，就是我欣賞過多次的印象派名家們筆下的塞納河嗎？

不，我不能以偏概全，也不能單憑只走過塞納河畔這一小段路，就說它不美。

可恨，到了晚上坐船遊塞納河時，我又因為怕河上風大而躲在船艙裡，仍然只獲得了片面的印象。不過，船要開行以前的情景我卻是記得清清楚楚，那時我坐在船側的甲板上。

三個年輕人站在碼頭上，組成一個簡單的樂團，一個拉小提琴，一個吹小喇叭，（另一個彈奏什麼樂器，忘了。）面向河水，賣力地奏起韓德爾的「水上音樂組曲」，為我們這一班遊船送行。在秋夜的涼風裡，在塞納河的波光燈影中，「水上音樂組曲」輕快悅耳的音符美得出奇。我們的船就在這美妙的音樂聲中啟行。

岸上繁燈似錦，夜巴黎的天空也似乎比別的城市明亮。這時的我，在船側的甲板上，靠著船舷而坐，在樂聲漸遠中，但覺如夢似幻，不相信自己居然有一天能夠坐在塞納河上的一艘船裡，也因此，對岸上燈光如畫的花都夜景，竟是視而不見。

不久以後，遊船穿過一個雕刻著壁飾的橋洞，陡的便看見一座巨大的白色建築物撲面而來，原來那就是埃菲爾鐵塔的基部。在白天看來灰灰暗暗而沒有什麼特色的巴黎鐵塔，想不到在通明的燈光照射下顯得如此華麗。龐然大物的鐵架像是雪白的大理石築成，雄踞在岸上，令人不可迫視。怪不得全船的遊客都騷動了起來，這可是不容錯過的奇景啊！

看完鐵塔，冷風漸勁，令人感到吃不消，不得已，只好躲進船艙內。怕冷的人真不少，船艙內已幾乎坐滿了人，而且煙霧迷濛。我挑了一個人比較少的角落坐下，仍然躲不掉四方八面衝過來嗆人的煙味。

船艙的兩邊都是巨大的落地玻璃窗，觀看兩岸風景，應該沒有很大的問題。可恨自己不爭氣，平日早睡慣了，現在正是應該上床的時刻，於是，在船身的輕搖中，在昏黃的燈光下，我的眼皮竟不聽指揮的搭拉了起來。多可笑啊！迢迢千里來到這條魂牽夢縈的塞納河，居然就在這個重要時刻去見周公，真是太不甘心了。不過，連日風塵僕僕地趕路，每晚都睡眠不足，當是使我出洋相的原因。

我是個速睡專家，每次打瞌睡都是速戰速決，五分鐘就夠了。所以，事實上我並沒有糟蹋太多時間；只是，在模糊的意識中，我記憶中夜晚的塞納河兩岸，除了印象鮮明的埃菲爾鐵塔，其他都只不過是繁星似的燈光，以及一些圓頂的、尖頂的古代建築物。

遊河的時間是一個鐘頭，回航時又經過巴黎鐵塔，我得以再度欣賞一次燈光下白玉樓臺似的鐵塔基層，仍然感到它的綺麗。

未出國前在報上讀到過今年歐洲遊客特別多的消息，今夜，在塞納河的遊船上更可充分的證實。靠岸前，全船的乘客都從座位上站起來，湧到甲板上，那份擁擠，簡直就像是西門町電影院散場時的盛況，等了好久好久，才得以走上碼頭。

河岸邊，停著一長列的遊覽車，現在都在陸續開走，而停在最遠處的我們的遊覽車卻還沒有出現，在昏暗的路燈下，在秋夜涼風的吹拂中，我竟有著冷清的感覺，也微微有點倦意。可不是，離家已有兩星期，再兩天就要賦歸，歸期越近，思家越切，這正是人之常情。更何況，塞納河雖美，它的河水是怎樣也流不到臺灣海峽去的。

萊茵河上

離開了科隆那座兩個尖塔高聳入雲、古色古香的大教堂，飛車趕到萊茵河畔時，已錯過了遊河船的開行時刻，大家都為之懊喪不已。領隊說：「不要緊，遊覽車走得比船快，我們趕到下一站去。」

世事往往都是因禍得福，我們沒趕上這班船，可是卻因此得以飽覽這個萊茵河畔小鎮的風光。古老的房舍、精緻的出售紀念品小店、雅潔的路旁咖啡座，還有彩色繽紛、花兒怒放的花壇，在在都令人賞心悅目。若不是有了這意外的短暫勾留，還不會拍下那幾幀在河畔小立的照片哩！

我們果然在下一站趕上了遊河的船，一上船，大家紛紛湧到甲板上，搬帆布摺椅，找位置，誰也不想錯過任何一小段的風景。九月了，甲板上曬不到太陽的地方已有點涼颼颼的，河上的秋風很勁，把身上的薄風衣吹得獵獵作響；但是，有太陽的一面卻又有點熱。

有好多上了年紀的西方老先生老太太，懶洋洋地半躺在帆布躺椅上享受陽光的照射，他們操著我完全聽不懂的語言在交談。我聽得出不是德語，不過從他們蒼白的膚色看來，很可能是北歐人。他們長年難得享受到陽光的溫暖，看見我們這些來自亞熱帶的人不停地挪動椅子躲避陽光，一定覺得不解。

船緩緩地前進著，兩岸除了青山、綠樹和大片大片的葡萄園外；山上，不時會出現幾座巍峨的古堡，岸邊，也不時出現一些玩具似的、很可愛的房屋。碧綠的河水悠悠流著，我們舒適地坐在甲板上，既享受清風的吹拂，眼睛和心靈也在享受兩旁的美景，真是不知人間何世。這是我們從小就在地理課本上讀到過的德國萊茵河，在電影上看過無數遍的萊茵河；而那首著名的德國民謠「羅蕾萊」，所吟詠的就是當年在這條河畔一處懸崖上以歌聲誘惑舟子，害他們觸礁的女妖。如今，我們竟然親身來到了，這不是夢吧？

為了欣賞河上風光和搶獵鏡頭，幾乎所有的乘客都集中在甲板上。他們大多數是觀光客，有來自臺灣、香港的中國人，有日本人，有美國人，也有歐洲人。當大家都陶醉在兩岸如畫的景色中時，突然間，我們團中的一名男團員——這位仁兄，一路上已做出了許多令人啼笑皆非的事，出盡洋相——突然心血來潮，在眾目睽睽之下，噗的一聲，就把一口濃痰吐向清澈的萊茵河上。站在他附近的團友一看，個個大驚失色，紛紛走避，以他為恥；可惜，這醜陋的一幕，已清晰地進入其他遊客的眼裡。在無法補救之餘，我們只有很幼稚地自我安慰：希望那些西方人以為他是日本人，那麼，就不至於丟我們中國人的臉了。

遊河的船每次經過一處有名的古堡，就會播出德、英，法三種語言介紹這個古堡的歷史，簡單的幾句話，並不至使人不耐。快到羅蕾萊那塊岩石下時，可以看到左岸的山上有一個黑色的物體，原來是女妖的銅像。然後，「羅蕾萊」的歌聲播出來了，在悅耳的音樂中，只見船左的懸崖上飄揚著一面紅黃黑三色的德國旗。這就是舉世聞名的羅蕾萊了，這塊岩石高出水面四百三十英呎，下面水流湍急，是個險灘。轉個彎，就是梅因斯河，我們的船也在這裡掉頭回航。

我們在船上享受了兩小時的夢幻之航，航程結束時，已是黃昏；不過，因為歐洲大陸實施夏令時間，所以，天色還是很亮。我們在另外一個碼頭登岸，遊覽車已開過來接我們。

聽說我們今天所遊的這一段萊茵河，是整條萊茵河的精華所在。當然，就算沒有沿途的古堡和精巧房舍，光是青山夾岸，綠水悠悠，就已是人間仙境了。我們何幸，能夠在河上作半日遊！

上岸的地方是一個很美麗的小公園，真想在這裡盤桓一下。然而，我們還得趕往另外一個小鎮MANHEIM去過夜。這次歐遊，每日都得馬不停蹄地趕路，幾乎每日都要經過兩個城市，在不同的地方住宿。有時，真會有「今夜宿誰家」的感覺哩！

歐遊偶拾

窗臺藝術

第一天踏上歐洲大陸的土地，我就被每一家窗口所陳設的花藝驚懾住了。那一天，我和幾名女伴，一起在阿姆斯特丹一條運河旁邊散步。運河兩旁都是些百年以上的樓房。這些樓房的窗口，一律垂掛著白紗窗簾，窗臺上擺著一盆盆怒放的花朵。那些白紗窗簾有的深垂，有的半捲，有的向兩旁挽起，連掛法都別出心裁，不盡相同。盆花多數是紅花綠葉，鮮麗奪目；也有紅白相間，或者雜以紫、黃。一家家所表現出的窗臺藝術，就彷彿是在競賽。

起初，我們看見一兩家窗臺上的花，開得比較燦爛，就驚叫「好美！」哪知道美的更在後頭，一家的窗口比一家美，一家的花比一家豔，弄得我們眼光撩亂，美不勝收，一整排樓房的幾十個窗口盆花，像在爭妍鬥麗，又像是一幅幅以花卉為題材的圖案畫，我們在驚嘆之餘，只好啞口無言。

後來，我倆離開荷蘭，經西德的科隆、慕尼黑，奧國的茵斯布魯克和瑞士的日內瓦到義太利，一路上，我都被路旁人家的窗臺花藝所吸引。德、奧的鄉間木屋都建造得小巧玲瓏；但是，勤勞而具有慧心的主婦們，都懂得用花草來裝飾她們的小屋。窗口、陽臺、門口臺階上，全都種滿了色彩豔麗的花卉，把整個鄉鎮裝點得像是大花園。因為那些花卉開得太繁茂了，同行的人還以為是假花，走近一看，卻是如假包換的真花。想想看，愛花的人誰會用沒有生命的假花來裝飾她們的家呢？

路上，偶然也會看到一兩個上了年紀的家庭主婦，拿著水壺給陽臺上的盆花澆水。當然她們都是懂得歌頌大自然的愛花人。但是，她們種花，除了為了怡悅自己以外，我相信也是為了美化市容，誰也不肯落後的？要不然，那些種在窗臺上、陽臺上和門口臺階上的盆花，又怎能把我這個東方過客迷惑得夢寐難忘？

白紗窗簾和紅花綠葉所構成的窗臺藝術，可說是我這次蜻蜓點水式歐遊中最初也最深刻的一個印象。

旅途中的吃

在臺灣，吃法國大餐是一樁相當奢侈的行為，偶然吃吃義大利的脆餅或通心粉什麼的，也覺得蠻可口。但是，到了歐洲，吃到了當地的名菜，卻完全不是這麼一回事，有些，還簡直難以入口。像那天，坐纜車上升到二千八百公尺高的阿爾卑斯山山峰上（已經很接近白雪皚皚的白朗峰了），爬上那間山上唯一餐廳的幾層樓梯時，大家都患了高山症：心跳氣促、頭暈腿軟。這時已是午後二時許，又冷又餓，多希望有一頓熱騰騰的午餐可吃。然而，這家法國餐館的午餐卻只有硬麵包、奶油、生菜、冷鹹肉和甜點，飲料是酒或者礦泉水。根本沒有臺灣西餐廳的濃湯和咖啡或茶。當時，大家真是恨不得有一碗速食麵來抵禦饑寒。

不過，這不是意味著在歐洲只能吃到當地的餐飲，事實上，你若吃不慣西方飲食，根本不用發愁。倫敦的蘇荷區，港式飲茶和粵菜比臺灣的還要道地。羅馬、巴黎這些大城，中國餐館也到處都是，因而我們此行，每天都有一頓美味的家鄉口味可吃。

在大都市吃到中國菜不稀奇，奇的是在法國的一個小鎮Dejon，居然吃到極可口的臺菜，口味清淡，一盤鮮美的絲瓜炒肉片尤其令人難忘；一頓飯吃下去，旅途的勞累都忘記了。飯館老闆是個中年漢子，他說他原是農耕隊出身，在這個小鎮開店已有十幾年歷史，生意還挺不錯的。一口臺灣國語、一身簡便衣著，加上他憨厚的笑容與慇懃的招待，真使人感到無比的親切。

民族性

雖然此行所接觸到的歐洲人不外是導遊、遊覽車司機、飛機上的空中小姐、旅館的櫃臺職員和服務生、餐館的侍者、商店店員和攤販等；不過，見微知著，從短暫的接觸和少許語言的溝通中，似乎也約略可以窺見他們的民族性。

德、奧、英三國的人，處處流露出民族的優越感，他們嚴肅，對事一絲不苟而有條理，對人很有禮貌。荷蘭人比較沒有種族歧視，態度也很隨和。

義大利和法國這兩個拉丁民族，最喜歡說話。不管你聽得懂聽不懂，他們往往用他們的本國言語喋喋不休地說個沒完沒了。

到義大利買東西，尤其是觀光地區，必須記住「貨看三家不吃虧」，此外還要懂得殺價。同一種貨品，往往有三四種價錢，旅途中，我就曾經冒冒失失地買了一些價格比別人貴三分之一的紀念品。

在羅馬的旅館門口，幾個本地人在那裡擺攤兜售紀念品，一大清早，就吸引了不少住在這間旅館裡的觀光客。攤販用破碎的英語在招攬生意，一條用火山岩製成的項鍊，起初喊價一萬里拉，後來自動降為二萬里拉三條，再降到五千一條，最後以四千成交。差距雖然如此之大，買的人說不定還是吃了虧哩！

在國內時，早就聽說羅馬的扒手很多，而且專扒臺灣去的觀光客，因為他們有錢。想不到，到了歐洲以後，導遊警告大家不但在義大利境內，甚至在巴黎和倫敦，都要小心看好自己的荷包，以免被扒或被竊。這樣一來，害得我們出門時都把皮包掛在前面，再用雙手緊緊抱住，如臨大敵。雖然結果幸而沒有人遭遇扒竊；但是想起在國內可以拎著皮包在街上隨意蹓躂的自由自在；那麼，月亮還是本國的比較圓了。

法國梧桐和雨傘松

在我所經過的荷、德、奧、義、法、英七個西歐國家的路旁，都種滿了參天的古樹，濃蔭夾道，為每一個城鎮增加了不少綠意。其中有一種樹身挺拔高大、樹皮剝落露出白色樹身、樹葉呈掌狀、類似楓葉而較大較厚的樹，到處都可以看到。起初，我以為楓樹，但又奇怪它何以到了秋天還不變紅？後來，向一位導遊打聽，才知道是法國梧桐。

這就是了，少年時看的文藝小說不是常常描寫到「上海法租界路旁的法國梧桐」嗎？我們南方沒有這種樹，我又不曾到過上海，根本不知道法國梧桐是什麼樣子，想不到數十年後竟在歐洲看到它。這美麗的行道樹，以茂密的枝葉、英挺的雄姿，使得阿姆斯特丹運河的河岸、翡冷翠的大道、巴黎的香雪麗榭大道、倫敦的海德公園，憑添勝景。而滿地枯黃的落葉，也吸引得我這個東方遊客忍不住要撿拾幾片回去做紀念。

我無緣去到地中海，卻也曾坐在車上沿著蔚藍海岸走了半日行程，遙遙眺望到她藍色的海水。

海岸邊，一排排地種著一種既像一把撐開的雨傘，又像一朵碩大無比的蕈類的雨傘松，據說這是地中海岸的特產。雨傘松看起來很雄偉，像一列衛兵；但是，就是因為它們太整齊了，（那圓圓的樹頂聽說是天生而未經修剪的）我並不怎麼欣賞，我還是喜歡那富有詩意的法國梧桐。

高速公路與古蹟

也許是由於停留的時間短暫，也許是花在遊覽車上的時間太多，我總是有這樣一個感覺，覺得我看到的一切不太像我想像中的歐洲。

真的，在十四天的行程中，就有兩天整日飛馳在高速公路上，而全世界的高速公路又都是一個樣子。若不是偶然會看到路旁的草坪、牛群、農舍、葡萄園、蘋果樹、麥田，又與臺灣或美國有什麼分別？

高速公路固然可以方便交通、促進繁榮；但是我覺得它真是破壞景觀的敵人。不過，要是沒有了它？我又怎能享受到一天遊覽兩個城市的福分？追求物質文明要付出代價的呵。

當然，除了高速公路，我也看到了歐洲不少的古蹟。可是，為什麼大多數的古蹟都有一部分搭起鷹架在作修護工作？威尼斯聖馬可廣場上的教堂、聖彼得大教堂、楓丹白露宮……都在遊客雲集中做著維護的工作。他們維護古蹟的苦心值得同情與敬佩；然而，這樣總是令人有著美中不足，甚至有點殺風景之感，就像看著一個美人臉上蒙了一塊紗布，或者當眾整容那種感受。古蹟維護工作要怎樣進行才不至破壞遊客的印象，這個專門的問題，大概要專家才能解答了。

麥田

提到高速公路旁的麥田，它曾經給我一次很強烈的美的感受。那天，我們從日內瓦起程往巴黎，要坐遊覽車趕一整天的路。離開了瑞境以後，進入法國西部，公路兩旁都是幽美寧靜的田園景色：如茵的淺草斜坡上散佈著白色的牛群、綿羊或馬匹，在低頭吃草。間或有一泓清溪流過，溪流上架著小小的木橋，又是另外一番情景。

然後，就是大片大片、一望無垠的收割後的麥田，金黃色的麥梗，在秋陽下閃耀出悅目的橘紅。忽然，我想到了梵谷的名畫《麥田群鴉》，他在一百年前創作這幅不朽的作品時，是不是就在這裡得到靈感的呢？一百年前的這處法國鄉間，又是不是同樣的景色？此刻，麥田上雖然沒有飛翔著的鴉群，但是，遙望著那片無邊無涯的壯麗麥田，我心中想起的就只有這幅名畫。

歐遊零縑

整潔幽靜的城市

假使有人問我：這次歐遊所經過西歐的十四個城市中，對那一個城市的印象最佳？那麼，我會說我比較喜歡海牙、慕尼黑、因斯布魯克、日內瓦。因為這幾個城市都以整潔和寧靜見稱。

我們歐遊的第一站是阿姆斯特丹。這個有「北方威尼斯」之稱的荷蘭經濟首都，除了因為有無數的運河以及河岸兩旁的森林巨木外，市容並無特殊吸引人的地方。倒是政治首都海牙，高樓林立，街道整齊，沒有噪音，沒有污染，氣概非凡，一看就予人以好感。

慕尼黑給我的印象也是十分整潔。它的特色是屋頂的瓦片都是圓形的，這些直徑大約十公分的圓形瓦片色彩不一，有紅、褐、黑、灰等色，拼湊起來鋪在屋頂上，看來就像是一幅圖畫，為這個城市增色不少。每戶人家的窗臺上都種有花卉，是歐洲的特色之一；而慕尼黑有一間教堂的所有窗口也都點綴著簇簇紅花，就不免令人稱奇了。

日內瓦素有「世界公園」的美譽，茵斯布魯克則是個山城，它們的共同的美都是幽雅、寧靜，像是沒有人間煙火的仙境。雖則我們每到一個地方都是形色匆匆，走馬看花，蜻蜓點水，印象浮泛；不過，這幾個城市的美，是絕無疑問的。

餐館風情

走過了七個國家，也嘗過了幾次異國風味。西方的飲食固然不一定合乎我們的口味，但是，也總算開過洋葷。

我們在海牙近郊一家餐館吃過荷蘭菜。味道雖然不怎麼樣，餐館佈置之典雅，卻令人難忘。白色鑲金邊的洛可可式家具、萬紫千紅的庭園、桌上的白燭和鮮花，還有若有若無的背景音樂；此情此景，怎不令人不飲而醉？

在慕尼黑，我們也見識了德國的啤酒屋。百年以上的古舊木屋、粗重的黑色木家具、巨型的啤酒杯、厚重得使我舉不起來的玻璃杯、一種粗獷之美，在在都與荷蘭餐館的纖麗有別。德國鹹豬腳的味道還不錯，可惜我還是品嘗不出啤酒的好壞。

在一個黃昏裡，我們全團來到羅馬郊外的一家露天餐廳，在幽雅的花園中吃義大利餐。三個笑容可掬的樂師繞著每一張桌子，為食客們唱歌奏樂。一個奏手風琴，一個捧響鈴，一個唱歌。唱歌的小胖子有一張有趣的圓臉，歌喉不錯，唱的都是我們耳熟能詳的歌曲如〈我的太陽〉、〈聖塔露琪亞〉、〈回到索倫多〉、〈鴿子〉等等，唱完了要給賞錢。

這家餐廳的義大利菜並不高明，葡萄酒也酸而不醇（也許是我不懂品酒）。可是，顧客真多。遊覽車一部接一部的開來，大批觀光客湧進，不一會兒，偌大一個花園就坐滿了人。人一多，三人樂隊就更加賣力演奏，小胖子也似乎越唱越起勁，聽眾更都用手打著拍子。這時的氣氛，可說熱烈極了。在良夜星光下，在草木清香的花園裡，在音樂的薰陶中，有美酒又有佳餚，該是人生一大享受吧？然而，有福不會享的我，竟然沒有感染到他們的歡樂，而在懷念著旅館中那張舒適的床，因為我的眼皮已漸漸沉重起來了。

不懂得享受人生，不懂得隨遇而安，我真是個大傻瓜。

義大利人

才進入義大利國境，便有一切都是「迷你」的感覺：停在路旁小巧得像是玩具車的小型汽車，座位狹小得使人無法轉身的餐廳，還有房間狹窄、床的尺寸也十分迷你的旅館，令人有進入小人國之感。

義大利人的身材也大都矮小，但是他們的嗓門卻奇大，說話喋喋不休，手勢又多；不管你聽得懂聽不懂，硬是嘩啦嘩啦地說個不停。

拉丁民族天性懶散，不夠積極，做事也是慢吞吞的。他們經常掛在嘴邊的口頭禪是PIANO!PIANO!（慢慢來！）和MOMENTO!（等一下）；你急他不急，誰也莫可奈何。

義大利的攤販也跟我們的攤販一樣喜歡討價還價，而且每一個攤販的價錢也不一樣，差距之大，令人咋舌，稍一不慎，就會上當。天下烏鴉一般黑，從這點也可以得到證明。

歐人與小動物

法國人特別愛貓，這可以從法國境內不論城市或鄉村到處都豎立著貓食廣告看出來。這些廣告也真是悅目，每一幅都是放大的小波斯貓彩色照片。那些胖嘟嘟的、毛茸茸的小貓咪，或躺或坐，或瞪大著圓溜溜的眼睛，表情之可愛，真是令人想抱起來親一下。

街頭巷尾也常常看到有貓兒在散步，而且體型碩大，不下於狗。我這個愛貓人看見了就忍不住要跟牠們打打招呼，不知道是否因為我是個外國人，貓兒怕生，對我根本不加理睬，不免自覺丟臉。

歐美人都愛小動物，貓狗就是他們最普遍的寵物。聽說，法國計程車的前座是不許乘客坐的；但是，狗兒卻可以大模大樣地在前座跟司機平起平坐。這真是人狗之間的不平等現象。

到過歐洲的人一定都會為各城市廣場中鴿子之多感到驚訝。其中，尤以威尼斯聖馬可廣場的鴿群為最，聲勢之盛，蔚為奇觀。那些鴿子大都是黑色的，牠們很少飛，多數在廣場上「踱步」覓食，毫不避人。事實上，牠們毋須覓食，也不會怕人；因為幾乎每一處廣場的四周都有很多賣鴿食的攤販，多數遊人都會買一包來餵餵鴿子的。只是，鴿子越養越多，不知道會不會有一天會發生鴿口爆炸問題？

畢璞全集・散文01　PG1256

釀 第一次真好

作　　者	畢　璞
責任編輯	陳思佑
圖文排版	周妤靜
封面設計	楊廣榕

出版策劃	釀出版
製作發行	秀威資訊科技股份有限公司 114 台北市內湖區瑞光路76巷65號1樓 電話：+886-2-2796-3638　傳真：+886-2-2796-1377 服務信箱：service@showwe.com.tw http://www.showwe.com.tw
郵政劃撥	19563868　戶名：秀威資訊科技股份有限公司
展售門市	國家書店【松江門市】 104 台北市中山區松江路209號1樓 電話：+886-2-2518-0207　傳真：+886-2-2518-0778
網路訂購	秀威網路書店：http://www.bodbooks.com.tw 國家網路書店：http://www.govbooks.com.tw
法律顧問	毛國樑　律師
總 經 銷	聯合發行股份有限公司 231新北市新店區寶橋路235巷6弄6號4F 電話：+886-2-2917-8022　傳真：+886-2-2915-6275

出版日期	2015年1月　BOD一版
定　　價	250元

國家圖書館出版品預行編目

第一次真好 / 畢璞著. -- 一版. -- 臺北市 : 醸出版,
2015.01
面 ; 公分. -- (畢璞全集. 散文 ; 1)
BOD版
ISBN 978-986-5696-70-2 (平裝)

855 103026193

讀者回函卡

感謝您購買本書，為提升服務品質，請填妥以下資料，將讀者回函卡直接寄回或傳真本公司，收到您的寶貴意見後，我們會收藏記錄及檢討，謝謝！

如您需要了解本公司最新出版書目、購書優惠或企劃活動，歡迎您上網查詢或下載相關資料：http:// www.showwe.com.tw

您購買的書名：＿＿＿＿＿＿＿＿＿＿＿＿＿＿＿＿

出生日期：＿＿＿＿年＿＿＿＿月＿＿＿＿日

學歷：□高中（含）以下　□大專　□研究所（含）以上

職業：□製造業　□金融業　□資訊業　□軍警　□傳播業　□自由業

□服務業　□公務員　□教職　□學生　□家管　□其它＿＿＿

購書地點：□網路書店　□實體書店　□書展　□郵購　□贈閱　□其他

您從何得知本書的消息？

□網路書店　□實體書店　□網路搜尋　□電子報　□書訊　□雜誌

□傳播媒體　□親友推薦　□網站推薦　□部落格　□其他＿＿＿＿

您對本書的評價：（請填代號　1.非常滿意　2.滿意　3.尚可　4.再改進）

封面設計＿＿　版面編排＿＿　內容＿＿　文／譯筆＿＿　價格＿＿

讀完書後您覺得：

□很有收穫　□有收穫　□收穫不多　□沒收穫

對我們的建議：＿＿＿＿＿＿＿＿＿＿＿＿＿＿＿＿

＿＿＿＿＿＿＿＿＿＿＿＿＿＿＿＿＿＿＿＿

＿＿＿＿＿＿＿＿＿＿＿＿＿＿＿＿＿＿＿＿

＿＿＿＿＿＿＿＿＿＿＿＿＿＿＿＿＿＿＿＿

請貼
郵票

11466
台北市內湖區瑞光路 76 巷 65 號 1 樓
秀威資訊科技股份有限公司 收
BOD 數位出版事業部

（請沿線對折寄回，謝謝！）

姓　名：＿＿＿＿＿＿＿＿ 年齡：＿＿＿＿ 性別：□女　□男

郵遞區號：□□□□□

地　址：＿＿＿＿＿＿＿＿＿＿＿＿＿＿＿＿

聯絡電話：(日)＿＿＿＿＿＿＿＿ (夜)＿＿＿＿＿＿＿＿

E-mail：＿＿＿＿＿＿＿＿＿＿＿＿＿＿＿＿